九省通衢

老武汉

景　灏◎编

泰山出版社·济南·

图书在版编目（CIP）数据

　　九省通衢：老武汉 / 景灏编 . -- 济南：泰山出版
社，2024.8
　　（老城趣闻系列丛书）
　　ISBN 978-7-5519-0763-7

　　Ⅰ .①九… Ⅱ .①景… Ⅲ .①散文集—中国—当代
Ⅳ .① I267

　　中国版本图书馆 CIP 数据核字（2022）第 257058 号

JIUSHENG TONGQU：LAO WUHAN

九省通衢：老武汉

编　　者	景　灏
责任编辑	徐甲第
特约编辑	史俊南
装帧设计	蔡海东

出版发行	泰山出版社
社　　址	济南市泺源大街 2 号　邮编　250014
电　　话	综 合 部（0531）82023579　82022566
	市场营销部（0531）82025510　82020455
网　　址	www.tscbs.com
电子信箱	tscbs@sohu.com
印　　刷	山东华立印务有限公司
成品尺寸	160 毫米 ×235 毫米　16 开
印　　张	17
字　　数	210 千字
版　　次	2024 年 8 月第 1 版
印　　次	2024 年 8 月第 1 次印刷
标准书号	ISBN 978-7-5519-0763-7
定　　价	60.00 元

目　录

附：楚天诗话

建国方略（节选）

孙中山

武汉者，指武昌、汉阳、汉口三市而言。此点实吾人沟通大洋计划之顶水点，中国本部铁路系统之中心，而中国最重要之商业中心也。三市居民数过百万，如其稍有改进，则二三倍之，决非难事。现在汉阳已有中国最大之铁厂，而汉口亦有多数新式工业，武昌则有大纱厂。而此外，汉口更为中国中部、西部之贸易中心，又为中国茶之大市场。湖北、湖南、四川、贵州四省，及河南、陕西、甘肃三省之各一部，均恃汉口以为与世界交通唯一之港。至于中国铁路既经开发之日，则武汉将更形重要，确为世界最大都市中之一矣。所以为武汉将来立计划，必须定一规模，略如纽约、伦敦之大。

在整治长江堤岸，吾人须填筑汉口前面，由汉水合流点龙王庙渡头起，迄于长江向东曲折之左岸一点。此所填之地，平均约阔五百码至六百码。如是，所以收窄此部分之河，全河身一律有五六链（每链为一海里十分之一）之阔，又令汉口租界得一长条之高价土地于其临江之处也。此部之价，可以偿还建市所费之一部分。汉水将入江处之急激曲折，应行改直，于是以缓徐曲线绕龙王庙角，且使江汉流水，于其会合处向同一方面流下。汉阳河岸应密接现在之河边，沿岸建筑，毋突过于铁厂渡头之外。武昌上游广阔之空处，当圈为有闸船坞，以供内河外洋船舶之用。武昌下游应建一大堤，与左岸平行，则将来此市可远扩至于现在市之下面。在京汉铁路线，于长江边第一转弯处，应穿一隧道过江底，以联络两岸。更于汉水口以桥或隧道，联络武昌、汉口、汉阳三城为一市。至将来此市扩大，则更有数点可以建桥，或穿隧道。凡此三联市外围之地，均当依上述大海港之办法收归国有，然后私人独占土地与土地之投机赌博，可以预防。如是则不劳而获之利，即自然之土地增价，利可尽归之公家，而以偿还此国际发展计划所求之外债本息也。

选自《建国方略》，生活·读书·新知三联书店2014年6月版

京汉路中的残痕

石评梅

　　沉寂了有一个钟头，离别的滋味也由浓淡下去，有几位同学搬出食物的匣子找点心吃。我在女高这几年，考察我们女高的特别生活就是旅行中的吃喝生活。每当春秋远足，或长途旅行，天字第一号的必需品，就是零碎食物，这点嗜好遂破了这无聊的空气。

　　到了保定我们都下车玩去，有许多同学去买熏鸡。孝颜同子赫的母亲知道她们路过这里，特来看她们。我看见她们那种母子之爱，我就猛想到家乡的母亲来了。我这飘泊的孤儿，谁能安慰我那羁旅的痛苦哩！车慢慢开了，她们在三十分钟内包括了聚喜离悲的滋味，人生的究竟，也不过是这么个大舞台啊！

　　车在夹植杨柳的轨道中，风驰电掣地飞度，只能看见远远的青山，茂郁的森林和天空中的散云，是很清闲的不动。想象我这次旅行，家里的父亲曾让我去第三条路线——青岛，不愿意令我去征这万里的长途。此外尚有些黄河桥断——临城匪劫的印象在脑海中波动，但终究为理智降下去。离开了软红十丈的北京，去做天涯的飞鸿！

　　暮色的云渐渐地由远的青山碧林间包围了大地，一阵惠风香草，把我一天的不快早完全地消灭下去。我伏在窗上看那日落西山的景致，在万绿荫蒙中，一轮炎赤的火球慢慢地隐下去，那时照着孝琪酣睡的面孔，映着一道一道的红霞。

晚风是非常温和，暮霭是非常的美丽，在宇宙中之小我，也不知不觉地融化在自然的画图中，但在一刹那间的印象，无论你如何驻目，在时间中是不少逗留的，仅留了很模糊的一点回忆罢了。我把零碎的思想寄出来！也就是在京汉途中临时的摄影——

人生都付在轮下去转着；
　　谁都找不到无痕的血泪啊！
命运压在着满伤痕的心上，
　　载着这虚幻的躯壳遨游那茫茫恨海！

别离是黯淡吗？
　　但斟清泪在玛瑙杯内，
　　使她灌在那细纤柔嫩的心花里，
或者能把萎枯的花儿育活？

攘攘底朋友们，
　　痛苦的胁迫
　　都在心的浅处浮着。
　　痛苦啊，
你入不了庄严的灵境！
　　在坦荡清朗的静波里，
　　没有你的浮尘呵！

啊！
夜幕下是何等的寂寞萧森哪！

幢幢的黑影，

　　伴着那荒冢里的孤魂。

　　尘寰中二十年的囚庐啊！

　　　哪一块高峰？

　　　　哪一池清溪？

　　是将来的归宿啊！

在永镌脓血的战地，

　　值得纪念吗？

我只见鲜血在地中涌出！

我只见枯骨在坟上蠕动！

　　恨呵！

　　在这荒草中何能瞑目！

　　　朦胧的眉月，

分开那奇特云峰，照着那凄惨的大地。

　　月中的仙子啊！

可能在万象肃静中，

抚慰那睡着的爱儿，

　　　在脓血里洒一把香艳之花，

　　　在痛苦里洒一副甜蜜之泪。

咳！

　　月儿也黯淡了，

　　泉声也哽咽了；

　　只闻着——

　　荒山中的惨鸣，

烂桥下的呻吟！

　梦吗？

玉镜碎了，

金盆化了，

　杜鹃为着落花悲哀了！

　地上铺着翠毡，

　天上遮着锦幕，

空中红桃碧柳织就了轻轻的罗帐，

　江畔白鹅唱着温柔的睡歌，

　何日能这样安稳地睡去啊！

黑暗中的红灯呵！

　萤耶？

　磷耶？

像火珠似的缀起来，

　簪在我的鬓旁；

　把浓浓的烟在空中浮着，

将这点热力温我这冰冷了的心房。

叫我去何处捉摸啊？

　她疾驰地像飞燕一般掠过去！

你既然空中来的无影，

　　空中去的无踪，

　又何必再人间簸弄啊？

　我想乘上青天的彩虹，

像一条破壁的飞龙，
　　去追那空泛的理想去；
　　但可怜莫有这完美的工具啊！

我扶在铁栏杆望着那夜之幕下的风景，
　　在黑的幕上缀着几粒明珠的繁星，
　　惨惨地闻着松林啜泣，
　　呼呼地听那风声怒号，
　　我的心抖颤着，
　　　　宇宙之阴森呵！

清溪畔立着个青春的娇娃！
　　收地上的落花撒在流水里荡着；
　　恰好柳丝儿绾住她的鬓角，
　　　惠风来吹拂在肩头，
　　　　她微嗔地跑回了竹篱去了；
　　　依然回眸。

烂漫天真的女郎呵！
　　我愿化作枯叶任你踏蹦，
　　我愿化作流云随你飞舞；
　　　悲哀的心，
　　　　只有这样游戏啊！

　　我猛忆起荷花来了！
　　你洁白的质呵！
　　在污泥中也自有高雅的风采；

但是险恶的人类，
又拿着火焰的扇来拂你。

孤独者啊！
在沉寂中谁吹着角声？
我愿在这暖暖的幕下，
寄寓我这萍蓬呵！
同情心的花太受摧残了，
我哭着我的前尘后影；
但梦境啊！
依然空幻。

当我梦境香浓的时候，
江南的画片，
印入我的残痕；
这生命中的历程啊，
在枯叶上记下吧！

选自《石评梅集》（第2册），北岳文艺出版社
2017年12月版

女师范楼上的晚眺

石评梅

　　寂寞阴森的夜幕下，我同孝琪、宝珍坐在车门外的铁栏前，望着那最沉静幽暗的夜景；除了天空中镶着几粒明星外，目底的风景，都如飞地度过去，模糊中能看到磷的闪烁，萤的辉煌；我那时睹着宇宙的休息，我也静静地伏在孝琪的肩上，闭着眼想我一切的事情；耳旁除了车轮击激轧轧之声外，另有松林的啜泣，悲风的怒号；这是何等的凄凉啊！夜寒了，凉风吹着不禁生栗，我为了要特别珍重自己的精神，所以向她们说了声晚安，我遂走进包车里。一股热气扑鼻欲呕，一盏半明半暗的电灯，在那车顶上颠簸着，隐约地照着许多已经入梦的静闲面孔，这都是天涯的飘萍啊！

　　我把毡子铺好，也蜷伏在车上，预备在这车上寻个浓梦去找忘丢一切的生活。但这是不能的事情，一桩桩陈事都涌现在心头，"长夜漫漫何时旦"啊？在无意中一伸手，忽然拿到早晨手绢内所包的牡丹花，我在黯然的电灯下打开一看，咳，已枯萎成了一团枯瓣，我不禁流下几滴热泪来写了：

　　　　当那翠影摇曳窗上，
　　　　　红烛辉映雪帐的时候！
　　　　　美丽的花儿啊！

你在我碧玉的瓶中住宿，
　伴着我检点书囊。

静默的夜幕下，
　星光黯淡，
　月色洁蒙，
我的心陷在悲哀的海里，
　猛想到案头的鲜花，
　　慰我万千愁怀。

"哭花无语泪自挥"，
　　在你轻巧的花瓣上，
　　染遍了模糊泪迹；
　可爱的花儿啊！
　你的"爱"我已经深印了，
　魂啊！你放心地归去。

幻景中的驻留啊！
抛不下的帘影月痕，
　茜窗檀几，
　将常常印着你的余痕；
我将展开命运的影片，
　把你作了我身后的背景。

花魂呵！静静地睡去吧！
　明年今日在花丛里，
　　我们再会啊！

　　在梦境恍惚的时候，茶房说："黄河桥快到了。"我翻身起来，见窗外已渐渐发白，已能模糊地看出青山碧水。这时候同学都醒来，梳洗的时候，慢慢已将黄河桥过了。我就在车上写了一封信与父亲，告诉这一日的情形。

长江中行驶的帆船（一）

长江中行驶的帆船（二）

目的地快到了，南方的风俗已能在铁道旁的乡村看出一点。气候已比较北京润泽多了，第一个明证，就是惠和的卷发已慢慢地垂下来。在稻田和荷池中间，常看见赤足戴笠的老农，驻着足望我们车过去，他才慢慢地低头去做他的工作。我们快赶到汉口的时光，我们都异常地有精神！到了车站，有我们体育系旧教授鲁也参先生来接。他现在任武高的体育主任。当时我们检点自己的行李，从车站搬到月台上，集起来多极了，但仅有五十六件而已。有庶务招呼着雇人担过江去。我们同艾一情先生（领导员）到六码头上船，只见江水滔滔，东流不绝，两岸船只如鳞。迨开船后，我站在甲板上，临风披袂，风景殊非笔墨所能形容。抵汉阳门下船乘洋车至洪兴街女师范，距离很远，所以一路上见闻可叙的很多，不过每到一生地，初到时所受之印象很深，一经多见则反不以为然，故今日追记，殊不易易。武昌街市狭而不洁，下雨时多，路多泥泞，鱼腥潮气，扑鼻欲呕。劳动人在街市中往来，凡肩挑手提重物的人，口中都发出一种很合韵的歌声，前后相应，长短相续。一经我细心的研究，始知应用心理的作用，减少疲劳和困乏。

女师范和武高及武高附中都相距甚近，门前为极宽广之荷花池，杨柳荫浓，荷花香馥，想月圆日落时之美景，该校同学当不肯辜负，不禁欣羡！

应接室的陈设很古，有大红的靠枕椅垫，坐着太师椅，吃着龙井茶，这也是几天在火车上劳顿的绝好报酬和安慰。该校新校长见我们说了几句谦语，遂让我们到里边去。这个学校很大，树木很多，草花茂盛，又逢着阴沉的天气，一阵阵浓香在鼻端吹过，精神上觉着很愉快！应接室距离内堂很远，过了几道屏门才到寄宿的地方——楼上。共总给我们二十间的房子，我们两系分开住恰好。在楼上扶栏一望，修竹碧柳掩映窗外，蝉声鸟语啁啾枝头；在草地上有女师范同学数人，联袂谈心，慢步其下，风景殊佳。数日劳顿，铺好了床，我本想静养一下精神，预备明天好提起精神去参观，但是睡不着，只好听着别人的鼾声羡慕吧！这时光约有一点多钟，外边静静地万籁无声，有时只听见风过处几点宿雨由树上落下。我觉着睡得不舒服更难过。遂披衣下床，到了门外的栏杆前，望着那碧蓝中镌破了的一湾眉月，正在含笑窥人；树叶被风拂着，慢慢地颤动；满地印着树叶间的花痕，静静地死卧在地上的树影，像永眠了一样。这时光我心中觉着宇宙之伟大和神秘，唯有静时可以领略到，当时的零碎感想写在下面：

> 我在浅蓝软松的罗帐下，
>> 捧着一颗碎了的心，
>> 睁着一双枯了的眼；
> 望着那晶莹清朗的星月祈祷了！
>> 杨柳的丝呵！缚不尽人间的烦恼；
>> 温和的风呵！熄不了心头的微光；
>>> 在这薄薄的幕下，
>>> 涌现着生之荆棘！
>>>> 掩映着死之恶痛；
> 沉睡在美丽玉石的墓碑上，
>> 在花丛里嗅着余香，
>> 静听那探山猿啼，
>>> 杜鹃泣血；
> 林中的落叶也助着叹息！
>> 美丽的花圈，白玉的架前；
> 将宇宙的一切，轻轻地掩覆。

人类是无情啊！
　　像残秋的荒冢，
　　　　寂寒的绝漠；
一颗热的心埋在冷云下，
　　一腔鲜的血流入洋沟旁；
　　　　在生之幕下只看见
骷髅披了绛纱舞蹈！
枯木戴着花冠祝贺！
　　生啊！春花的绮丽，
　　死啊！香梦的温柔，
　　　　虚幻的人生哟！
只有啼痕燕泪痕，
　　绝漠荒冢是宇宙的"真"景。

　　选自《石评梅集》（第2册），北岳文艺出版社
2017年12月版

湖北的教育

石评梅

天气特别的清朗，俨然像含笑的面庞，映出明媚的容光，异常焕采，我坐在楼上的窗前写信，杨柳一缕缕向我飞舞，小鸟呢喃着向我告诉；树影的花纹印满了我的信笺，当时我把目前的风景，描写了告诉与我的朋友。信刚写完，艾一情先生来领我们参观本校，这是我们实行参观的第一天。

湖北女师范风潮的事，我依稀在报纸上看见过，但我因那时并不十分注意，所以内容如何，我不知道。就表面看来是校长问题，这本是极容易解决的事情。办教育的人，知道校长不能胜任，使学生满足；那么就该鉴谅学生的苦衷，允他辞职另选贤能，何能为一个人的进退——饭碗问题，牺牲了学生一年的功课，和黄金的光阴？这未免太对不住学生，而且对不住教育——女子教育。当时解散后，二百余名失学的同学，这种痛苦无可形容；又无相当的学校转学，男附中仍持闭关主义，不肯解放。想当时同学有多么可怜啊！

一年的痛苦，现在比较是愉快了：因为在我们未到湖北的前一星期，已恢复原状，这也是我们最欣慰的事，为湖北女子教育可以祝贺的！张健是该校新任的校长，系美国留学生，表面上看来办事尚热心，学生也十分满意。不过损失太大，此种善后办法，自然很难措手；但就表面上看来，女师开课第一星期，而教授管理方面，已粗具规模，这或者是一个绝好的成绩。我很希望湖北女子教育为了这一次的摧残大放光明！

学级编制分师范五班，预科一班，人数共二百余人，经费一月需一三一三元，小学和蒙养园都在内，学生生活的组织，因初开课尚未就绪，但湖北学生的精神活泼，精明强干之才，常溢于眉宇，是一眼能断定的。

附小即在师范的前院，人数得有三百；我们参观的时候恰值下课；仅见满院的小朋友，乱跃乱窜，如珠滚玉盘，异常的活跃。有几个手里拿着小皮球看着我们，在那里窃窃议论；我走到一个打红结辫子的小朋友面前，意欲问她几句话，但她只微笑着望着我，我愈亲近她，她愈远避。至今我回忆起来，依然能想到她那粉红的腮，墨黑的发和那最含情的微笑。上课铃打了之后，一闪时都回到课堂里去，端端地坐在那里，眼只望着黑板，但有时依然要回头看着我们微笑。天真烂漫活泼可爱的小朋友，只在不经意的微笑中涌现出爱的苗来！

参观高小二年级的体育教授，教师纯以哨声作口令，倒很别致；不过不容易引起学生的精神，未免失之机械。运动多半属于四肢，莫有躯干的练习，胸部简直是莫有运动，所以学生多半是弓腰和头前倾的不正姿势。教员未免太舒服了，只站在旁边背着手瞧着，反而让学生一个个出来示范；一切不正确的姿势，教师概不加以临时的矫正和自己模范的示范。总括起来批评，教师莫有明了体育的真目的，学生自然得不到体育的真精神，这是无可讳言的。蒙养园因时间的短促，未得去参观，未免觉着遗憾，因为蒙养园主任，是我们女高保姆科毕业的同学罗君，那么，一定另有一番新的教材和教授，但现在只可想象罢了。

出了女师范依然看见莲渠清溪，岸旁杨柳，一阵阵清风送着荷香，慢慢地卷起我的衣襟。在树木阴蒙的对岸，依稀能看见高师附中的楼房和电灯公司的烟筒。踱过了小桥，在石级上见许多妇人在那里洗衣服，见我们过去，都赞美我们的伞的美丽，停了她们的工作，望着我们过去。

武昌码头

武昌八宝寺

武昌胜像宝塔

武昌高师附中的校舍，前面一排楼房是刚竣工的，对于采取光线和流通空气尚好，临窗可以看到我们经过的莲池和柳堤。

参观四年级甲组会话，系外国人教授，桌上放着教授中所应用的实物。四年级乙组上几何。学级编制有五级，一、二、三、四年级共分甲组乙组，全校人数共二百，寄宿者一半，经费每月一八八四元。管理方面，每日整队点名后，朝操十分；七时半朝会，大旨是鼓励其善，劝勉其不善。体育方面的组织，有网球队、篮球队、垒球队、田径赛队及各种游艺。

学生自治的能力很强，学生自治会能使学校中校务公开，经济公开，并不是虚牌号，他们调查实行的成绩、报告、一览表，还挂在壁间，我们都能一目了然的。这一层我异常地佩服附中同学自治的能力。

我零碎看到的事物和感想，不妨在这里略叙一点：我看见附中的学生比较上看来，年龄上有许多很大的，而且对于清洁方面绝少讲求，寝室里面限于地方狭小，故空气不甚流通，清洁亦殊欠讲究，寝室和饭厅距离很近，虽限于地址，但对于卫生方面似不合适。如有机会仍以隔开为佳。

高师的附小，民国四年时同附中是合并在一起的。七年的时候不戒于火，故八年始将楼房建起的，因不宜于小学之故，九年遂实行分居，但因校款拮据经费无着，不能继续建造，几间校舍已不敷用，十一年校款解决后，始着手进行，现正在建筑中。

小学的编制现在都是单级，无复级，小学共七级，高小三级，去年改其编制，故科目亦稍有变动：

唱歌，谈话（修身科），国文，教学，读书（有一二年级合读或工作），自然研究（在低年级为观察室内外极简单之事物，如有问题，使学生提议，书于板壁，第二日研究其心得）。社会科有三钟，自然科有一钟，室内实验共三十分钟。

教授的方面在国民三四年级，仍照惯例，在其他科目教授的方法次序都有不同：讲演科先由学生提出问题，然后教师指导其读书，读毕教师令其研究讨论，实地发展其心得；而后教师再加以引导和矫正。文艺有课本，不过因其教材多缺乏文学兴味，所以另选文艺排印好付学生。此外数学有书，史地有书，另外尚有笔记和讲义做参考。

现无蒙养园，因无地址故，拟在明年成立。校中经费一月需一二二一八元。教职员十五人中有女教员五人，学生得分七班，人数二百余。附小的教授训练管理，我觉着非常的满意，所培养的学生，完全是民治主义时代的产物，有活泼的精神，充足的常识，重公德，守规律，整齐清洁，莫有一样不讲究，足见教师们的苦心训练，及学生的自动能力。在湖北的教育，这个学校最令我满意。

国二一年级的小学生的教室，装饰的异常美丽，有名人的照像，著名的风景，美丽的画片和图画，琳琅满目，美不胜收。有小的玻璃橱，里面放着儿童的用书，可以随便阅览。每级教室的门壁上，有每周学生出版的新闻纸，里面有文艺小说、笑话、论坛、时论、滑稽画，大半多是关于国事痛心，唤醒民气的作品。可惜是下午去的，莫有赶上参观教授。

昨夜梦同纫秋共舟渡江，在甲板上清风徐来，水波不兴，正亢喉高歌，俯仰宇宙的时候，纫秋凭在我的肩头，指着东北角上让我看：只见一道白光起伏江中，渐渐地扑着我们的船头而来，风声呼呼地如虎一般怒吼，一个白浪扑头而来，当时把我惊醒。恰好窗外雷电交集，大雨倾盆，在旅客的心中发生了许多感想，默计明天一定不能出去参观。窗上现鱼白色后，我起床梳洗毕，握管与北京的朋友写信。用早餐后我看《创造》几页。下午同艾一情先生参观高师。高等师范的校舍规模很大，校舍亦建筑的合宜，地势很好，建在蛇山的旁边。这是湖北教育最高机关，所以一切设施，也比较完备，但不过也是同北京教育界一样的闹穷。

分科为八系，男生共四百人，女生正科九人，旁听生二十人，去年开始完全开放，招收女生；下学期拟开文学教育研究科，数学研究科。经费每月二万八千元，临时一万元。设备有博物标本室，动、植、矿、生理标本分列一室。关于此类，武昌标本特别丰富，所以武高的博物科学素负盛名，诚然。理化实验室、标本室同化学用品室，设备尚完全。自修室每一间六人，同北高仿佛；在楼上空气清鲜，光线也明亮。寝室每一间四人，比较附中已清洁整齐多了。女生寄宿舍另住一偏院，很僻静。

武高学生会昨日已来公函与我们参观团，定在今天下午二时在本校大礼堂开欢迎会并设茶点。所以我们略一参观之后，已经到了时候，学生会主席请我们赴会。大礼堂在蛇山上，稍高，有石阶可达，由下边看去，掩映在树叶飘动的碧柳中，很露着一种伟大而幽雅的景象。当我们上去的时候，已经看见大礼堂黑压压地站着许多人，见我们进去，都一齐鼓掌欢迎。他们是很诚恳地欢迎我们。主席报告了之后，有五六位同学随便讲演，他们的唯一共同目的有三点：一、武高北上请愿，感谢我们的援助；二、希望我们奋斗去做教育事业，谋未来的光荣；三、就是对于湖北教育，痛加批评。我是参观团内的交际，所以致答辞是我不容辞的职务，只好上台去答复几句。但是一阵掌声，几乎把我的灵魂收不拢来！欢迎会完了，在应接室用茶点，有几位学生会的干事陪着，三钟始尽欢而散，我们遂回到女师范去。

总结起来说湖北的教育，环境非常恶劣，上等有力的社会中坚人物，他视教育是无足轻重，可有可无。所以湖北的小学教育，异常的不发达！路上失学的儿童举目皆是，全省小学教育不到二十处，只有五千就学的儿童，失学的儿童有五万之多。我们在路上常常能听到诗云子曰的朗诵声，私塾多于小学有数倍。凡上等社会科长秘书等类的子弟，大概都不准入学，仅会写自己的一个名字，往往有十五六岁而不懂加减乘除，仅能临帖、做八股。这是何等的可怜啊！所以我以为湖北现在需要的就是小学教育，施行普及的方法和救济一般贫穷失学儿童，只有广设平民学校是唯一的妙谛，我很希望中学和中学以上的学校，努力做这种事业去。三四天的形式上参观，如何能看到教育上的利弊，但这一点意见我观察的结果，觉着是很急需的！官厅既不可靠，那么，我们青年应该努力地做去。

选自《石评梅集》（第2册），北岳文艺出版社
2017年12月版

武昌的名胜

石评梅

天晴后空中幻出五色彩云，捧出一轮赤日，慢慢地披开了砌叠的云幕，撇开了朦胧的愁网，冉冉走出，在宇宙中当时焕着耀目的奇彩！我们参观团在这时光，遂踱过莲池，经过鄂园，向着抱冰堂而来。

长江一角

抱冰堂建在蛇山上，由下边一级一级地上去，绿树阴蒙中，隐现着红绯娇白和画楼雕梁。一阵惠风披襟，花香浮动，只见万紫千红涌现眼底，我们进了抱冰堂的大厅，壁上系着古

远眺长江

画屏联，中间放着古瓶二个，高约四尺，凡武昌雅人伟士都在
这个地方宴会。地周围约有一万二千九百四十八方丈。抱冰系
张之洞的别号，张之洞督鄂的时候，鄂人感公盛德，故建此
堂，为公生祠。大厅的西面，相距约五十步，有很庄严的五间
大厅，双门锁闭甚严，推开门只见灰尘满地，蛛丝满壁，中间
的神龛供着张文襄公的牌位，旁边有黎元洪立的碑。

　　晴后小径中青石黏土，十分泥滑，两旁千条垂柳，常缩
鬟角。再上去是十桂堂，张叶如幕，桂树林立，可惜这不是秋
高月圆时。站在十桂堂的中间由树缝里看见长江如练，民房似
栉，可以看见纺纱厂的烟筒；黑云萦绕，烟雾轻罩，凉风过
处，心神为之一爽！这是何等舒适逍遥的境界啊！可惜上去了
一大群丘八，我们只得远避。从石砌的道上过去，有小亭有假
山，怪石奇岩，嶙峋无状，我们在这里照了一个游像做纪念。
他们都走过去了，我坐在小石上，听着小鸟的啁啾，布谷的婉
转，一声声都令人感到一种超然神游的景象。碧天的游云，阶

前的落叶，飘萍无踪，荣枯靡常。转瞬间我又车声帆影，飘游
于何处何乡？人生如逆旅，在浅的心里常印着斑点模糊的追忆
迹象……在我思想深入的时候，忽然有人在我肩头一拍，吓得
我跳起来，回头一看，原来是惠和，她笑嘻嘻地手里拿着一束
草花。我遂携了她的手，由小径中穿出，浓茵铺地，碧草拂
鞋，一阵草香扑鼻欲醉。地址虽不大，但结构异常精巧合度，
风景如画，涌现千里，而且寂静阴蒙幽雅最宜人。比较黄鹤楼
的术士乞丐汇集者，当然有雅俗的分别了。

　　二十五号的下午，参观了附小以后，雇车到黄鹤楼去。我
同芎蘅先到的，只看见些败壁颓垣，萎靡万状，乱石堆集。我
同芎蘅也不知道黄鹤楼是何处上去。后来逢到一位小学生，是
附小的学生，请他给我们领路，上了一道石坡就到了。只看见
很巍峨灿烂辉煌的高楼，我以为是黄鹤楼了，原来是照相馆。
这楼的顶上，镌着个展翅的黄鹤，两旁有一副对联是：

黄鹤楼

> 眼底汉江空色相，
>
> 楼头云鹤复归来。

由这楼向西，就看见一座一座的相面算卦的棚和命馆，进了张公祠，登了奥略楼，临窗一望：江水滔滔，涌现眼底，帆影如雁，蹁跹上下。在碧云黄涛的尽头，依稀如翠螺堆集的，就是龟山，对着奥略楼有一座西式茶楼。高出云霄的，就是黄鹤楼故址，在我们未到杭州之先，就听说这楼又塌了。

张公祠就是张文襄公的祠，现在湖北教育联合会在里面，所以奥略楼上有张之洞自题的"日朗云空"四个字的大匾！两旁的对联是：

> 昔贤整顿乾坤，缔造都从江汉起，
>
> 今日交通文轨，登临不觉亚欧远。

这是张之洞所撰，辛亥之役，不知沦于何所，壬戌秋重建，请教育厅宗蔡重书。奥略楼下壁上有王羲之的一笔"鹅"。从奥略楼下去，就是吕祖庙，里面香烟缭绕，令人头晕。里面有吕祖的骑鹤吹箫的像在壁间挂着，对联是：

> 鹤飞楼在名千古，
>
> 地缩仙归道一家。

我同惠和在签筒里抽了一支上上签，她们都笑我们迷信。出了吕祖庙，走不了三步，就有乞丐来索钱，男女老幼都有，原来这是黄鹤楼的出产。黄鹤楼在我心坎中的印象很深，但我觉着除了上了奥略楼望长江外，没有一样入目的东西，只见龌龊的乞丐，崎岖的道路。败垣乱草中，又有金碧辉煌的大餐馆显真楼，中国人不知正当地保存古迹是何等的可惜。

汉阳晴川阁

二十六号的上午我们乘着汉阳兵工厂的武胜轮破浪直进，在烟波江上，只见风帆上下，浪花飞溅，放眼望去，龟山临左，蛇山傍右，武昌、汉阳、汉口鼎足相向，湖北形势为历史上最著名，实在，诚然。船入汉水未久，而汉阳已在目前，两岸树木林立，浓绿阴深，不觉忆及古人诗："晴川历历汉阳树，芳草萋萋鹦鹉洲，日暮乡关何处是，烟波江上使人愁。"武胜轮拢岸后，我们遂舍舟登陆，陡觉炎热凌人，清凉隐逸。走得十余步，已抵汉阳兵工分厂。地址阔广，每一工厂，相距甚远，汽炉炉煤之气，扑鼻欲呕！先至漂棉厂，就是将烂棉花入锅漂过。磨棉厂、汽炉房、马力房，都在这一方，比较尚近，不需多走路就到了，此外又到拌药房、切药新厂、压药

汉阳钢铁厂（一）

汉阳钢铁厂（二）

新厂、矿炉房、硫酸厂、真空房、酒精厂、枪厂、木枪房、炮厂、钢壳厂、机关枪厂、枪弹厂、打铁厂、木样房、机器厂、图案课。由上午九点钟参观到十二点钟，赤日当空已属炎热万分，再加上参观的工厂，不是机声轮轮，就是汽煤呕人，头晕目眩，痛苦万分。但一想到工人的辛苦，我们也只好勉力地向前，对于工厂的组织和化学配合，纯粹是门外汉，参观所得仅仅一种形式而已。参观完兵工分厂后，遂返汉水原下船处，仍乘武胜轮至兵工总厂，其督办杨文亮的夫人携其大女公子、大少爷在门外欢迎，至会客厅稍息，幸而有几瓶汽水，才把这一上午的集热逐去。又至总厂参观造枪炮之机器及程序，其工厂分法与上所述分厂同，不详。我看过一遍，见工人在煤气中生活是何等危险，而其点滴血汗所造成的杀人利器，既不能保障国家的富强，反用以做残杀同胞的工具，这是何等可怜，可惜！中国军阀！中国军阀！何其浑昧如斯呵？炮厂现在正为某军阀赶做氯气炮，可知其阴蓄之久，而中国内乱其有已时吗？

参观完又返总厂的会客厅，督办请我们吃大餐，最有趣的事是督办的母亲杨老夫人，她很奇怪我们这次出来参观。她的心里仍以为是闺阁小姐何能事万里长征，所以她在会餐的时候，问了我们三句有趣的笑话，第一句是：谁家有这些女儿？第二句是：谁家要这些媳妇？第三句是：何处找这许多婆家？这是个很难答的答案，我们只好付之一笑吧！饭后，杨督办拿来许多纸，让我们每人随便写几句话留作纪念。我们为了这一饭之德，更不好推辞，只好每人随便写几句感谢祝贺的话：这一来把我们女高师的程度都考去了。

客厅后面有极幽雅的小园，绿树阴覆如遮翠幕，遇一极小之茅亭，碧波荡漾，游鱼上下，池心有朝天荷叶，映日红莲；池旁杨柳树下，有白鹇一双，头藏内颈内，正在酣眠。由树林中望去，真神仙佳境。我在这里忽然想到一件极悲哀的事，一腔热泪，夺眶而出，故人何在？旧景虚幻，所留的仅这点触景的回忆，和我这天涯的飘萍！

四周黑云渐渐地包拢来，一轮赤日已隐回去，清风送着草香荷馨，令人神醉。我们二十余人，掩映出没在这小园中，徒觉园林生色，草木欣然。我同芗蘅在一片山石上坐着，谈去年今日在北京时的情景。看看天上云愈堆愈厚，照相馆已有人来了，我们就择了一块前有小泉，后有青山的地方，站着的坐下的照了个相。

照相后，尚有一个铁厂未去参观。我因为精神困倦的缘故，所以同芗蘅、惠和走到江岸去找船。但这时候江里的风浪很大，天气阴沉，不久即雨，我不敢去冒险，遂又回到铁厂的应接室休息。里面有茶点有电扇，我遂躺在睡椅上假寐，略养心神。这时候雨声淅沥，乱洒蕉叶，又换一幅无聊之景。五时天始霁晴，去参观铁厂的同学已回来，遂一同至江畔，仍乘武胜轮返武昌。一路风浪甚大，汉江苍碧，一望无际，远眺云霞灿烂，虹采耀目，江上风景殊觉宜人。我们在甲板上曼声唱《卿云》之歌，余音萦绕江上，许久不息，临风披襟，心神为之一爽！

选自《石评梅集》（第2册），北岳文艺出版社
2017年12月版

江新船上的生活

石评梅

二十八号的清晨，我朦胧中被芗蘅唤醒，遂整理行装，至十时遂乘车到六码头上船至汉口。下了船我提了自己的提箱，上了江新船。慧文、永叔他们都住在二层舱，我同芗蘅住在三层舱中房舱六十六号，地方虽不大，但比较火车是很舒服。连日在湖北精神劳顿，异常困乏。芗蘅约我去汉口街上买点东西去。我想息一息，遂托她与我买浅蓝夏布。她走后我闭上房门，把床铺好，遂在床前一个小桌子上与我的朋友绚秋写信。下午二点钟的时光，船上的客人，已都搬来，人声嘈杂，我脑中不胜其烦嚣，只好伏在那五尺长的床上觅梦中的生活去。

晚十时开船，芗蘅唤醒我，那时夜寒彻骨，我开了衣箱，找出我的围巾披上，遂同我们同学到甲板上去。现在船开了已有一点多钟，岸上明灯闪烁，映在碧苍的江水里，间有一二小划子在里面荡漾着，依稀能看见竹笠蓑衣的渔翁。慢慢地离开汉口远了，灯光也减了，岸也远了，只留着一只船载着我们激荡前进。我遂返房舱，在那黯淡的灯光下，与父亲写信，叙我今天的经过。

二十九号余醒已七时，昨晚在船上睡眠很安适，但精神倦甚，早餐亦未用，觉头晕目眩，心中万念起伏，欲睡弗能，遂找肖岩同我至甲板上眺望，只见云峰起伏，远山含烟，风平浪静，波纹如绉。我凭栏同肖岩谈故邻佳话，旁有一老人倾听，看他的样子，像个名刹的老僧。上午抵九江，卖磁器的很多，我们同学都提了钱包预备正式地贩货，我买了一尊观音像同几个洋姐姐。我下了二层舱见永叔的床上堆满磁器，果盘啊，碗碟啊，弥勒佛像啊，我们每个人的磁器合拢来，不知能装几箱。

下午三时，小孤山已在望，在江心矗然而立，青翠如螺浮江上，临近楼阁始现，船绕其下，仰望清媚江山，其风景只可意想，不能笔描。芝蘅回舱取铜萧吹之，觉哀怨幽婉之情，萦绕水面，不绝如缕，舱外星斗争辉，江风萧瑟，只微波渺茫，浪花上下而已。晚九时抵安庆，买笔数支后，遂寐。

三十号早，我只觉凉风透窗而入，精神清爽，比昨日已大有兴致，梳洗后，略用早点，遂携芝蘅至甲板，眺望江心烟雾迷漫，朦胧中隐着轮晓日，风景殊佳。见宝珍拿着一本《花月痕》看，她已看完上册。我素闻这本书的名，但却未看过，乘此无聊中，遂向着宝珍借了，回到房舱里倒在床上去看。下午到芜湖停船后，我才抛了《花月痕》，到甲板上来。这时人很多，因为安徽一师的学生也是赴南去参观，恰好这时也上船来，原来已有武高的同学二十余人。有女乞丐坐着大木盆要钱，木盆里面像家庭一样，年老的像祖母，中年的像母亲，睡着的像哥哥，母亲怀里抱着哺乳的小弟弟。我们看着很起了同情，争拿着铜子向她们的木盆里投去，有投准的，她们喜欢地赶快拿着放在沙锅里，有未投准的，她们急着向江心里乱抓。卧薪的一个铜子恰好投在睡在木盆里的哥哥，他陡然地哭起来！他祖母抱起他来向我们鞠躬，表示很感谢的意思。船开了，木盆也慢慢地划到岸那边去了，我们因为今天下午就到南京，所以赶快回舱去取拾行装。我并且继续看我的《花月痕》。两点钟到南京码头下船，仲鲁的皮包被刀子划破不说，一管自来水笔也不翼而飞了！南京的境象，地很辽阔，比较北京荒凉得多，但空气清鲜，树木林立，城市有乡村风致，比北京尘土迷目，车马嚣烦，自各有不同。我们乘着马车，走了约有七八里地，都是除了颓垣坏壁外，就是荒草萋萋，古木森森，别有一种的感慨发生。经过了东大农业试验场和东大女生寄宿舍，遂到督署新街华洋旅馆停车，收拾行装后，与东京和北京的朋友写几封信去告我的行踪。

选自《石评梅集》（第2册），北岳文艺出版社
2017年12月版

武汉小住

高语罕

　　行李交给接客的，我们很轻松地上了过江小轮，在三等舱船尾找到了座位。九龙服务团更上一层同武汉青年救国团相遇，大家又唱起救国的歌曲，没有二十分钟，在慷慨激昂、发扬蹈厉的歌声中，我们到了汉口。下了旅馆，便打听下水船，回答是：没有一定时日，也许明天就有，也许要有三五天好等。我便决定在汉口住一两天，看看十年不见的武汉三镇，一面会会朋友。第二天早上，写了一封信给高涵庐先生，我的内人亲自送去，约他见面。高涵庐先生即高一涵，原名梦弼，号效良，安徽六安人。我们于民国元年在安徽教育厅同事。后来我到日本读书，他不久也到日本。一九二五年我自欧洲回国后，在上海大学教课，我们在上海会过面。后来，我在武汉奔走，涵庐先生也到武汉中山大学任教授，因此和邓择生相识。当邓择生出走以前，涵庐先生曾任过总政治部第一科长。政变以后，人家总把我们两个缠在一起，把高一涵认作高语罕，或把高语罕认作高一涵。实则我们是同省，同学，同姓不同名。但我们却是多年的好友。

　　这次路过武汉，涵庐先生开府武昌，我万不能过门而不入室，不去拜访；二来是恐怕到南京时碰不到熟朋友，经济马上要发生恐慌，不得不向涵庐兄讨几个盘川。我的夫人打武昌回来，说是没有会见涵庐先生，信已托他的号房转交了。我想他的事忙，当天是不会过江来的了。我们几个人又重新过武昌去，上黄鹤楼，游蛇山公园。倦时，下山到汉阳门一家四川馆子吃了一顿午饭，又匆匆过江返汉口。登黄鹤楼诗道：十载重登黄鹤楼，那堪回首诉离愁？江流石转千年恨，物换星移几度秋。北国开门纵狼虎，南朝抗战起吴头。人人自有兴亡感，忍说予先天下忧！

回到旅馆，再问接客的：什么时候有船？他的回答，表现得很负责任，很友谊，说是：明天说不定有一条船下水。我们完全信赖了他，大家商议到广东馆子去吃饭，随便到马路上逛逛，买了一点必需的物品，如电筒、防毒药水、纱布、棉花等物。回到旅馆，有人说，汉口今晚映抗战特辑的影片，Lily和Ethel都要去看，我对于该电影本无大兴趣，但是因为映的是抗战实情，也很愿意去看一看。七时，我们进了影戏院，电影开演了，果然不错。第一，它把中国百年来被帝国主义宰割的历史，如实地在地图上有声有色地表现出来，可当得一部中国外交史，即帝国主义侵略中国史；第二，它表现中国抗战之军事上的物质准备与军事教育努力；第三，它揭出帝国主义在中国种种罪恶，如在汉口日租界所包藏的制毒机关等等；第四，表现出中国士兵之抗战的英勇。不过我觉得还有缺点：第一，没有表现人民参加的热烈情绪（这不是摄片者的过处，而是政治环境，没有造成这种事实）；二来是开映之初，夹杂一些外国歌曲，有点不伦不类；第三，开映的日子和地方太少，不能普遍；第四，收费较昂，一般必须看的平民没有机会看得着，失却了动员群众和抗战教育的根本意义。但是我对于这等影片着实喜欢，希望多多地有机会看得着它，更希望军事委员会深深地注意"普及"这一问题。它比什么大学、什么口头和文字的宣传都有效力，而且来得快！

出了戏院，我感着十分兴奋，十分满意，提议去吃"宵夜"，大家赞成，遂跑进一家设备奇异的点心馆子，吃了点心，饮了咖啡，慢慢地踱了回去。这时马路上已是没有多少人行走了，十字路口的警察在那灯光下，警察审问的眼光注视着我们这些陌生的客人！当天一夜，我睡得非常好。第二天早晨我们便盼望涵庐先生来谈，不敢出门一步，等到中午不来，才出去吃午饭。吃过午饭又匆匆回寓，把接送旅客的茶房喊来问船，他仍含糊其辞地答道：明天或许有。我们不放心，自己跑到中国旅行社去打听。旅行社始而不负责任替我们买票，我们要把票钱先交把他，一俟有船，请他优先代我们买，他才叫我们把姓名地址留下。我们回寓不多一时，中国旅行社便打发人来说，下水船本晚有得开，我们高兴极了，遂托来人把我的舱位定了，准备当晚上船。这时，我们的涵庐先生打电话来了，他说，晚上来看我，我说，晚上就要上船，他说，我三点钟过江来，我说欢迎。果然，刚三点钟，涵庐先生来了。我们两个是年龄差不多的人，相对慨然！我的头发花白了，他的头发虽未大白，然精神着实委顿得很。我们谈起话来，他的对于时局的认识，虽然还不减当年，但是于他那暗淡的眼睛当中，晓得他已饱经世故，十年的宦海生涯，把他的一点精彩都淹没了！我不知怎样安慰他才好！他的身体虽然发了胖，但是气色却现出了一种晦涩的表情，一切言论都比十年前更持重了，声息更低了，我心里着实难过，更不知怎样安慰才好。他问我：到南京去怎样打算？我说：一点打算没有，此次只是为了单纯的抗战热情所驱使，一切自身的利害都没有思虑过。他问我：到南京预备先找什么人？我说：我打算先找于右任先生，因为我在上海大学教过书，我们总是熟人，自然既回国，不能不先到南

京，既到南京，就不能不向南京最高当局说明来意。我已预备
好了一篇上蒋先生的信稿，若果会不见于右任先生，或其他朋
友对蒋先生转致一切，便把此信迳寄蒋先生。他说，那你先见
于先生好了，陆一也在南京，我打一个电报给于先生好了。

涵庐先生谈了一个钟头走了，临走时从荷包里慢慢掏出了
一搭子钞票给我，轻轻地说道："我也很清苦，这五十块钱，权
当杯水之助吧！""予将有远行，辞曰馈饩，予何为不受？"我
只得很感谢地受下了！涵庐先生去后，另外又有一个朋友来看
我。他也在武汉军政界做事，从他的嘴里我得了许多史料，现
在我把它拉杂地写在下面：

他首先愤恨地说道："假使没有汉奸，我们在武汉这次至
少可以俘虏日人十三条兵船和万人以上的轻重兵器。"我道：
"是怎么一回事？"他说："当芦沟桥事变发生以后，汉口的
日租界与华界已形成中日两国武装对立的形势。日本人在日租
界里至少有几千人有武装的，此外他们还藏有大量的军火。但
是日租界的周围，我们已调了一两个师把他们团团地围起来
了，两方都是摩拳擦掌，准备厮杀。而且我们已准备封锁长
江，一旦封锁，这几千日本的武装兵和十三条兵船，岂不成了
'瓮中之鳖'吗？谁知王八羔子汉奸漏了消息，日本的陆战
队，兵船和侨民一齐逃了！我们已经到手的一笔财气，临时又
被他逃脱，你想气人不气！"

我说："日本人为什么就这样善善地退了出去？除了上述的
封锁之外，还有其他的原因吗？"他说："啊！有的！有的！原
来日本人之旅居武汉的，对于中日战争问题的意见可分三派：
军派（所谓陆战队）主张冒险地干一下；海军并不根本反对，
但要奉政府的命令，不然不能轻举妄动，白白牺牲；至于日本
的侨民商人（除了浪人外）则一致反对打仗，因为他们晓得战

端一开，绝非短时期可了，他们到了战时退出以后，所有在汉口多年的经营财产都要化为乌有。他们一方面对于驻汉的日本海陆军提出反对开战的意见，一面他们又晓得军人派决不会采纳他们的意见的，于是直接打电报给东京外务省，详陈不可开战的各种理由，要求政府不要让陆海军人不顾人民的意思和利害，一意孤行。外务省站在外交的立场，电令驻汉的日本陆海军和侨民一律退出，于是这一场恶战便'幸而免'了，但是我觉得太便宜了他们的一班凶汉们！唉！汉奸真可杀！可杀！"

我说："武汉三镇的汉奸这样的多么？"他说："破坏我们上述的封锁长江，解决驻汉的日本陆海军的计划的，不是武汉的汉奸而是躲在首都行政中枢的汉奸，据说，是黄濬——黄秋岳！他们父子兄妹一家都是汉奸！"我说："那么武汉三镇的汉奸不成问题吧！"他哼了一声道："不成问题？自然！若果政府大着胆子让民众有了健全的组织，负起责任来，汉奸自然不成问题。但是你还没看见，前方尽管打仗，后方确是'冷鼓清灶'一点也表现不出民众参加的景象来，但是汉奸却活跃得厉害！就拿一事作比吧！我们在前几年建筑了几个炮台，日本竟把汉奸放进了工头和工人里来了，当炮台建筑招工投标时，某几个工头所谓的价目特别便宜，而他的工人做工又特别勤勉，后来才发现了这些工头及他所领导的工人大部分都是汉奸，因此我们这次所修的炮台的内部建筑，都重新改造过，并且以后我们所修的炮台，又都用特别的方法招工，不敢再经上述那些工头的手了，也不敢再招那些以前的工人了！你想，可怕不可怕！"我又说道："这些事情，如果是确实的，那真糟糕！但是，此外还有什么'汉奸的故事'呢？"他说："多着呢！比如，襄河一带，就有千把！他们都有新式的武装。有一次他们有三百多人在襄河堤上暴动起来，那里的警察没有办法，电请省政府派了两营兵去才把他们解决。帝国主义的诡计真毒！他在襄河沿岸，豢养这些汉奸，目的在于破坏我们的襄河堤。假使襄河堤被他破坏了，则不但武汉三镇成为鱼鳖，就是襄河附近及武汉下游各州县都得成为泽国！""那么，"我说，"党政军警当局应该十分注意啦！"

"这个自然，"他说，"党政军警自然天天在注意，你不看他们的文告吗？然而事又有出人意料之外者！南京行政院出了一个'黄秋岳'，我们也有我们的'黄秋岳'！而且我们的'黄秋岳'不在行政衙门，而在军事机关，武汉行营据说有一个机要科的科员前天被枪毙了，就是为此。因为武汉的军事上的消息，往往一发动，甚至朝议决而晚上即被敌人晓得，经过一番详密的注意，才看出这个机要科科员有嫌疑，但是还没有确实的物证，后来经机要科科长很机警地用特别方法把他侦察出来，果真是一个汉奸，于是就马上把他毙了！你看！这不是我们的'黄秋岳'么？"我说："汉奸真多！"他叹气道："还不止此！你以为汉奸只是数量上惊人么？不！他们的组织才真是严密！前一年的光景，我们一些朋友结伴去游岳麓，大家信步闲逛，逛到麓边一个洲上，洲上自然是游客足迹所到之地，但不甚冲要，更非了不得的名胜，却矗立着一家很堂皇的大照相馆。我们当时就觉得很奇怪：为什么此地开设这么大的照相馆？有什么生意呢？怎样够开支呢？但是这种怀疑也不过一刹那之间便被我们的游兴打断了！到了今年中日战端即开，才又重新注意到这个久经忘却的照相馆！你以为这个照相馆果真是照相的么？"我说："难道也是汉奸的机关吗？"

他说："可不是！这个照相馆是帝国主义在湘鄂各省一个制造汉奸和指挥汉奸的总机关。日本的特务长和中国的汉奸头儿，天天夜间在这里开会议应付中国的种种讨论计谋和发号施令；一面他们又在这里开班训练汉奸。据说沿粤汉路一带为这个机关所指挥的汉奸也不下千人，他们的头目每天照他们所分派的地段按时查岗，看他们是否真正站在他们被指定的地位，和是否尽他们汉奸的责任。简直比我们中国的警察、宪兵还要严格！你看可怕不可怕！……"

我反问他一句："汉奸是这么多，但是他的根源究在哪里？我们的责任就在这里！要追求他，不要放弃！"

他透了一口气，喝了一口茶，轻轻地道："自然，不但要知道汉奸的实际状况，并且要知道他的来源！我以为第一个要因就是'生活'逼人。假使你要长驻此地，看见武汉三镇的工人生活及其他失业状况，又稍稍留心附近州县的农村破产与夫农民颠连无告的情形，你便马上可以明白现在的汉奸是为什么这样多了！现在党政当局不是天天在提倡礼仪廉耻吗？但是管子说得好：'衣食足而后礼义兴'，究竟一般小老百姓不能饿着肚皮等着他的灵魂跑到圣庙里去吃冷猪头！这并不是什么高深的理论，而是中西历史所昭示我们的事实！"

"但是，"我说，"做汉奸的不都是穷人，譬如你所说的汉奸呢？"

他毫不迟疑地答道："自然也是生活问题，问题的讨论不能从事态的表面出发。生活有两个极不同的阶段：第一阶段是维持人类生存所必需的生活，第二阶段则是超过这种必需的生活，即超过一般的生活程度的奢侈生活，不合理的生活。人们要是过着这种生活，或是希望过着这种生活，那就必然要用不合理的手段去达到这种目的。譬如黄秋岳吧！他是国民政府行政院的荐任官吏，每月至少有五六百元的俸金，而他的儿子又任外交部机要秘书，也是好几百元薪水，父子两个合起来，每月有一千多块钱的进款，就常理说，他们的生活是不成问题了，实则他的开支还是不够，因为他有几房太太，有的住在南京，有的住在上海，自然是公馆好几处，他每星期要到上海一次去分点爱情给住在那里的松鼠儿或是小鸟儿。而且他的应酬非常之大，他的公馆里常常是宾客满堂，这末一来，正规的薪俸自然是不够了，于是就不得不四处张罗。帝国主义者的驻京使者便趁隙而入了，他经过汉奸元勋郑孝胥之介绍（有人说他得入行政院是梅兰芳荐给某秘书长的），得认识'须磨'（日本驻京总领事，后来曾代理过日本驻华大使），受了他的津贴，始而不过要他供给中国政府一些普通情报，后来（即将要发生芦沟桥事件的时候），日本的侵略者晓得他们生活的锁链已经把黄氏困住了，遂翻了面孔对黄说道：'我们每月对你花了两三千块钱，而所得的情报都是些不重要的，此后可不行啦！必须有特别的有价值的消息，不然，此项津贴就要停止。若果你能供给重要消息，不但不停止津贴，并且按照消息之重要性的程度加等酬劳。果真你不答应，我们就要把你给我们透漏中国政府的消息的事实报告给你们的政府，那时，你便要马上问罪！'这时黄氏若果不答应，事情闹出来，真是'吃不清兜着走'，而且眼睁睁地富厚优裕的生活马上就要失掉，一方面又望有着更加优裕的境遇，于是把心一横，眼睛一闭，便死心塌地做汉奸。千古做贼的，大半都这样地演成的！这能说不是生活问题害了他吗？"

我方在沉吟时，他又接着说道："平心而论，若果没有十年的内乱，也不会产生出这么多的汉奸！"

"这话怎么说？"我说。

"十年来的内战，"他说，"谁是谁非，现在我们都不必谈了，因为'国共合作'已成事实，从前的旧账只有把它一起葬送在惨痛的回忆中了。但是痛定思痛，追求今日的高等汉奸如此之多的原故，不能不说是这种内战的必然的结果，自不能不和其他列强（尤其是日本）表示友谊或退让，古人说的好，'楚王好细腰，宫中多饿死'，又说，'上有好者，下必尤甚'，这么一来，当局虽无心教他们做汉奸，而无形中便散播培了养汉奸的种子，一些望风承旨，丧心病狂的官吏便不知不觉地走上了汉奸的道路！总而言之，统而言之，我们对付汉奸虽然必须严刑峻法，但是若果要从根本上铲除汉奸，那就非：一、使民众的生活一般的改善；二、使民众对于政治获得自由发挥其性能的机会，因此使他们对于国家具有一种欢欣鼓舞的热情。"

　　我狠狠地打了一个寒战，茶坊催促上船的呼声，打断了我们的谈话，我们只得握握手说："再会吧！"

原载 1937 年《宇宙风》第 55 期

火般热跃的武汉

徐蔚南

丹林社兄：

从武昌到汉口来回的轮渡中，时刻有许多难民贩卖着各种书报。从难民手中购买书报，在心理上仿佛格外舒适似的，因为像煞也帮助难民一点忙了。所以在轮渡上，向难民手中买书报来看，几乎成了一种习惯。什么都买，报纸，杂志，甚至儿童的读物。前天渡江时，买到《大风》一册，见是逸经社和宇宙风社在香港合办的刊物，心中已很快慰；揭开来，便看见有文先生的大文，还有老兄的，还有叶誉虎老先生的，心里焦急得很，想把平素亲近的朋友们的文章，在最短的期间里，一口气看完。你想八九个月不见面，也不通消息，突然间这许多亲爱的朋友在我面前出现了，他们娓娓地和我谈笑，陈述意见，您想，叫我如何不兴奋，如何能不贪谗地想把他们亲切的谈话一口气吞下去呢！战争使我们的日常生活脱出了轨道，战争疏远了我们的亲爱，战争使我们各自努力为民族解放而奋斗！但是我们友侣的心，却无论怎样的隔离，总是紧紧地联系在一起！

每天清晨六七时之间，常常可以听到鼓声、号声和跑步声，"一，二，三，四"，那便是大队的军士或者壮丁，在我寓所临街的窗前经过。他们壮健，活泼，勇敢，整齐，结成一条铁链，每一个人便是铁链中的一环。在大街上，又时常可以遇见一队队女学生或女兵唱歌游行，"起来，起来！"的进行曲飞满了市街，谁听到谁都感到悲壮与激昂。每次看到军队，壮丁，青年男女的列队行进，心里一方面感到异常的高兴，勃勃然有生气。一方面觉得很惭愧似的：国家到"最后的关头"，他们这班军队、壮丁和青年男女都准备着立刻到最前线去和我们仇人肉搏，而我们这班文化工作者，虽站在自己的岗位上，各自努力，但对于到火线上去浴血战斗的英雄，总感到自身的渺小而惭愧呵！

每次遇见中央军官学校里的学生，常使人万分感动，第一他们都有壮健的体格，充满勇敢活泼的精神；第二他们都受着严格的科学训练，真不愧做我们未来的军队的中坚人物。他们生长起来，坚强起来，真是我们新的长城！不仅对于这一批青年未来的军官，就是少男少女的童子军，也使人异常的兴奋。有一天是童军纪念节，武昌的男女童军在一个地方集会纪念，纪念会开始的时候，他们大放其爆竹，爆竹声刚停，空袭警报跟着也来了。但是空袭警报对于少年的童军有什么影响呢，他们照常开会演讲，而且喊口号的时候，喊得特别的亮响，万岁！中华民国万岁！从每个少年的胸中爆裂出来，比炸弹更响，更震慑屋宇，是几百个男女少年的心结成一片的口号，是一个口号，是一个钢铁锻炼成的口号，像高射炮一样击破了玻窗而冲出来。纪念式完毕后，这一班的少男少女便东一堆西一团向四处空地散开，他们中间最大的不过十七八岁，最小的只有六七岁。这样的少年，你应如何能叫他们静止，他们吱吱喳喳是一群小鸟，叫着跳着，心焦着警报的解除，他们还要到街上去游行哪！等着等着"呜呜呜"汽笛响了，果然警报解除了，立即他们的鼓号与军号一齐响动了，散开各处的男少年迅速地集合，迅速地列队行进。我充满着爱情的眼，送着他们一队队的出门去，伫立在庭中，一直到鼓声号声已飘荡在时空，才回进我的房间。

我个人在武汉，生活如常，只是生平唯一的嗜好品抽纸的烟，却感到经济重压了。大三炮台最贵时要三块钱一听，吉士骆驼每包要卖大洋八角，甚至红锡包也要一元五角五十支，所以想把纸烟也戒除了，可是纸烟仿佛也是一个伴侣，连纸烟的伴侣也抛弃，未免要感到太寂寞吧。现在虽则还没有抛弃，我想有一天非抛弃不可时，也只有抛弃，所以时刻准备着对纸烟喊再会吧！

全国文艺界昨日在汉口成立抗敌协会，情形很热烈，《大公报》记载得极好，今且剪奉一阅，不另叙述了。在港的知友甚多，可是通信的极少，遇见时烦代为一一致候。筱丹同学近况如何？念念。专此，敬颂

文祺

弟徐蔚南启

三月廿八日写于武昌

原载 1938 年《大风》第 6 期

到武汉后

老 舍

　　因流亡，得见武汉三镇；名不虚传，的确伟大。立在蛇山上，或黄鹤楼头，看着滚滚长江，风帆来去，小小的一颗心不由地起了无限感慨与希望：越自认藐小，越感到景物的伟大；越痛心国土的日促，越怜惜这大好河山，而默祷民族的复兴。水阔山秀，烟影人声，此中含隐着一股什么气息，是以前所未曾领悟到的。流不尽千古英雄血，与痛饮黄龙，就景生情，仿佛恍惚之间把江上寒波与北地烽火联成一片；是感触，是激奋，是失望，是思乡，是流亡，是凯旋，都不分明；默默无语，心潮万状；寸心像波上白鸥，一片雪似的随流起伏游荡。

　　十一月廿日来到，住在汉口的友家。汉口没有什么意思。前有江，后有铁路，夹着些街道，热闹，拥挤，摩登，纷乱，使人喘不过气来。我到过上海四五次，每次仅住数日，带回来的必是心跳头疼。汉口比上海小得多，更显着拥挤，我也就更想设法逃走。来自京沪的青年友人多谓汉口颇有味道，小而全，跳舞观剧等倒还方便；见仁见智，不便争论，我走我的就是了。

　　十二月二日移住武昌云架桥。一进武昌，我就松了一口气。城里有山，山上有树！到了云架桥，好似到了老家，地僻巷隐，绝少人声，一睡就是一夜！住过两天，到街上去认认道路。看不到戏园，电影院，跳舞场与咖啡馆，心中暗喜。走回来，袋里满装桔子，手提油条数根，有果有食，乐不思蜀矣！武昌是好地方，乱后在此住家，一定不坏。生活程度不算高，空气非常好。花木有南方景色，入冬尚见红绿；天气可又不算不冷，有似北方。鱼米都贱，青菜也多。街市清静，蛇山脊立城中，冬青抱翠，至称冷隽。黄鹤楼上，只卖清茶；中外的风流事统统在汉口，一江之隔，绝不相侵，这是想也想不到的。

只到汉阳去了一次。看了看鲁肃墓，祢衡冢，伯牙琴台与归元寺。此处比武昌更静更小，不过街道过窄，也欠干净，住家是不大相宜的。破房多，坟墓多，都不是什么好看的东西；去过一次，也就不大再想它。兵工厂必有可观，可惜没法进去。鹦鹉洲上尽是木料，而不见萋萋的芳草；不是时移物易，定是前辈诗人喜说瞎话也。

这样，武汉三镇在我心中是：武昌为头，昂视江上，汉口与汉阳为二臂，一臂乱抢，一臂低垂。隐士宜住汉阳，普通人宜住武昌，商人与好跳舞者宜住汉口。

香烟与洋车像飞也似往上涨价，人们与前线失利的消息一齐往武汉来。在我初到的那几天，人已不少，但还显不出怎样惊惶。中央政府迁重庆的宣言在报纸上登出，此地马上显出手忙脚乱。机关找房，人们找房，伤兵要房，流亡的人们到戚友处分房，房子问题成了最严重而没法解决的问题。紧跟着，首都陷落，人是越来越多，物价飞涨，洋车夫扬眉，各旅馆门首都贴起"客房已满"的条儿；饭馆，澡堂，轮渡，日夜总是满满的人；到处墙壁上贴着寻人的字条，报纸上一串串的寻人广告，街上满是人：伤兵，难民，学生，闲员，南京上海的贵客，都在街上走，磕头碰脑的遇到熟人。同时，武汉防空的设备开始动手修建，敌机来袭的次数渐渐增多。从迁都到年底，是这里最杂乱的时期，一切都在动、挤、乱，全无办法。逃来的人带着一肚子委屈，死里逃生，至此又遭受多少困难；原来在此为商作贾的，拿定主意，乘机会赚钱。于是，首都虽陷，各个人只顾为自己打算，国事可暂不过问。首都陷后，继以济南青岛，先来的还没疏散开，后来的又接踵而至，人浪起伏，声势且大于长江的浩浩烟波！

人都来了，三六九等，各自表现其素日生活方式与生存竞争的能力：难民最没办法，枕地盖天，凄风冷雨中尚有产生小孩者！其次为被裁撤之小职员，无钱无人，家或在平津，归去不得，只有望江兴叹。同时，有钱有势的，到处方便，小住为佳，乃包饭店，或赁租界洋房；住不成问题，吃亦颇好；西餐馆不弱于上海，国菜亦有川粤京苏等味；以言吃茶，也有四五毫一杯的印度苦汁。租界中，赌无禁，烟公卖，妓有南北中西，舞有美女香槟。于是，公债难销，而有钱的却出了钱；纸醉金迷，好个升平气象。于此，有亡国之道焉，其现象为太欠严肃。首都陷落，万家遭戮，有血性者理当切齿复仇，而武汉颇传和平妥协的消息。有钱的出钱，虽然花在自己身上，到底是减低了财力，还再打么？汉口虽尚舒服，到底有有家难奔之感；还再打么？打什么？钱，房子，事业，都受了损失；富人理直气壮，慨乎言之；屈服与投降俱是福音一般。谣言之行自有心理的根据，岂偶然哉？

于是时也，蒋委员长宣言继续抗战。和平空气怅然稀薄，敢怒而不敢言，总算富人为国受了委屈。于是，玩犹故也，乐犹故也，以表示消极抵抗；饭店舞场生意乃更见起色；电影院外购票者列阵以待，戏园大门上早早贴出"客满"红条。武汉确实成了一切的中心，吃喝玩乐在其中矣。这是以享受为镇定，以淫乐示抵抗；租界等于外国，敌机来袭，或有保障；心死肉活，自有养生大道在焉。

在另一方面：学生来受训，女兵满街走，抗战刊物日见增多，伤兵难民渐有处置，调整水陆交通以疏散居民，文化团体多有组织……是抗战决心的真正表现。一面有妖艳女郎，项围狐皮，身披貂褂，轻盈的出入舞场，一面有棉衣军帽的女兵，挺胸疾行路中；一面有拥妓竹战的战士，一面有日夜工作的医生、看护，与救济难民的热血男女；一面有身在汉口租界而眼望着重庆昆明，以便随时逃走，越远越妙；一面有老少志士北入太行，东去江西，或去组织义勇军，或入军队服务。都在武汉，但二者的心理不同，志愿不同，行动不同，甚至于气度面色也不同。这好像是在天平的两头，争赛轻重，以决兴亡。天下兴亡，匹夫有责，只看这天平上哪端能更沉重一些了。

旧历新年来到，天平左右似得平衡：虽牌声与吉利话不绝于耳，到底不似太平年那么热闹。街上标语，请求大家节省过年花用，献金政府；打牌者固无暇考虑及此，但决定免去过年，献金纳款者亦大有人在。元宵节，月明如昼，满市花灯；忽然响起空袭警报，马上市寂街空；虽欲暂忘国难，有不可得者。一忧一喜，一弛一紧，战争到底是一种最好的教训，稍具人心者即没法不替国家担点忧；渐渐的也许全都严肃起来，把钱把力把工夫都无条件的献给国家。这也许是期望过奢，可是看看那伟大的长江，忆起武昌起义，似乎这又是理之当然，不忍悲观。有诗为证：

一　流亡

　　弱女痴儿不解哀，牵衣问父去何来？

　　话因伤别潸成泪，血若停流定是灰。

　　已见乡关沦水火，更堪江海逐风雷；

徘徊未忍道珍重，墓雁声低切切催。

二　伤心

遍地干戈举目哀，天南有国亦难来。

人情鬼蜮乾坤死，士气云龙肝脑灰。

贼党轻言拥半壁，流民掩泣避惊雷；

更怜江汉风波急，艳舞妖歌尚浪催！

三　自励

黄鹤楼头莫诉哀，酒酣风劲壮心来；

烟波自古留余恨，烽火从今燃死灰；

如此江山空暮雨，有谁文笔奋云雷？

奇师指日收河北，七步诗成战鼓催。

选自《老舍全集》，人民文学出版社 2013 年 1 月版

记 "文协" 成立大会

老 舍

大中华民国二十七年三月二十七日，全国文艺界抗敌协会在汉口总商会礼堂开成立大会。

我是筹备委员之一，本当在二十六晚过江（我住在武昌）预备次日的事情。天雨路脏，且必须赶出一篇小文，就偷懒没去；自然已知事情是都筹备得差不离了。

武汉的天气是阴晴无定，冷暖诡变的。今日的风雨定难据以测想明日的阴，还是晴。二十七日早五点我就睡不安了。"坏天气是好天气"，已是从空袭的恐怖中造成的俗语；我深盼天气坏——也就是好。假如晴天大日头，而敌机结队早来，赴会者全无法前去，岂不很糟？至于会已开了，再有警报，倒还好办；前方后方，既已无从分别，谁还怕死么？

六点，我再也躺不住。起看，红日一轮正在武汉大学的白石建筑上。洗洗脸，便往外走。心想，即便有空袭，能到了江那边便有办法，就怕截在江这边，干着急而上不去轮渡。急走，至江岸，雾甚重，水声帆影，龟山隐隐，甚是好看，亦渐放心。到汉口，雾稍敛，才八点钟。

先到三户印刷所找老向与何容二位。他们已都起来，大概都因开大会兴奋，睡不着也，何容兄平日最善晚起。坐了一会儿，大家的眼都目留着由窗子射进来的阳光，感到不安。"这天儿可不保险"，到底被说出来；紧跟着："咱们走吧！"

总商会大门前扎着彩牌，一条白布横过宽大的马路，写着雄大的黑字。楼适夷先生已在门内立着，手里拿着各色的缎条，预备分给到会者佩戴；据说，他是在七点钟就来了。礼堂里还没有多少人，白布标语与台上的鲜花就特别显着鲜明清楚。那条写着"文章下乡文章入伍"的白布条，因为字写得挺秀，就更明爽醒眼。除了这三四条白布，没有别的标语，倒颇严肃大方。

最先见到的是王平陵与华林两先生，他们为布置会场都受了很大的累；平陵先生笑着说："我六点钟就来了！"

人越来越多了，签到处挤成一团；签完字便都高兴地带起缎条和白布条——缎条上印着成立大会字样，布条上写着人名，以便彼此一握手时便知道谁是谁了。入了会场，大家三五成组，有的立，有的坐，都谈得怪快活。又进来人了，识与不识，拦路握手，谁也不感到生疏或拘束。慢慢地坐着的那些小组联成大一点的组，或竟联成一整排；立着的仿佛是表示服从多数，也都坐下去。摄影者来了不少，看还没有开会，便各自分别约请作家，到屋外拍照。这时候，会员中作刊物编辑的先生们，都抱着自己的刊物，分发给大家。印好的大会宣言，告世界作家书，会章草案，告日本文艺作家书，本已在每个人的手中，现在又添上几种刊物，手里差不多已拿不了，只好放在怀中，立起或坐下都感到点不甚方便的喜悦。

啊，我看见了丰子恺先生！久想见见他而没有机会，又绝没想到他会来到汉口，今天居然在这里遇到，真是惊喜若狂了。他的胡子，我认得，见过他的相片。他的脸色（在相片上是看不出来的）原来是暗中有光，不像我理想的那么白皙。他的眼，正好配他的脸，一团正气，光而不浮，秀而诚朴。他的话，他的举动，也都这样可喜而可畏。他显出不知如何是好的亲热，而并不慌急。他的官话似乎不甚流利，可是他的眼流露出沉着诚恳的感情。

在他旁边坐着的是宋云彬先生，也是初次会面。说了几句话，他便叫我写点稿子，预备为儿童节出特刊用的。我赶紧答应下来。在武汉，谁来约稿都得答应；编辑者当面索要，少一迟疑，必会被他拉去吃饭；吃完朋友的饭，而稿子却写得欠佳，岂不多一层惭愧么？

跟他们二位刚谈了几句，钟天心先生就过来了。刚才已遇到他，八年未见，话当然是多的；好吧，我只好舍了丰宋二位而又找了天心兄去；况且，他还等着我给他介绍朋友啊。他这次是由广州赶来的。胖了许多，态度还是那么稳而不滞。我俩又谈了会儿；提起许多老朋友，都已难得相见；可是目前有这么多文艺界朋友，聚在一堂，多么不容易呢！

人更多了。女宾开始求大家签字。我很羡慕她们，能得到这样的好机会；同时，又很惭愧，自己的字写得是那么坏，一页一页地专给人家糟蹋纸——而且是那么讲究的纸！

快开会，一眼看见了郁达夫先生。久就听说，他为人最磊落光明，可惜没机会见他一面。赶上去和他握手，果然他是个豪爽的汉子。他非常的自然，非常的大方，不故意的亲热，而确是亲热。正跟他谈话，郭沫若先生来到，也是初次见面。只和郭先生说了一句话，大会秘书处的朋友便催大家就位，以备振铃开会。党政机关的官长，名誉主席团和主席团，都坐在台上。名誉主席团中最惹人注意的是，日本名写家鹿地亘先生，身量不算太矮，细瘦；苍白的脸，厚厚的头发，他不很像个日本人。胡风先生陪着他，给他向大家介绍。他的背挺着，而腰与手都预备好向人鞠躬握手，态度在稍微拘谨之中露出恳挚，谦虚之中显出沉毅。他的小小的身体，好像负着大于他几千几万倍的重担。他的脸上显着忧郁，可是很勇敢，挺着身子，来向真正爱和平的朋友们握手，齐往艰苦而可以达到正义的路上走。他的妻坐在台下，样子颇像个广东女人。

振铃了，全体肃立。全堂再也听不到一点声音。

邵力子先生宣告开会，王平陵先生报告筹备经过，并读各处的贺电。两位先生一共用了十分钟的工夫，这给予训话和演讲的人一个很好的暗示——要短而精。方治先生和陈部长的代表训话，果然都很简短而精到。鹿地亘先生讲演！全场的空气紧张到极度，由台上往下看，几乎每个人的头都向前伸着。胡风先生作了简单的介绍，而后鹿地亘先生的柔韧有劲的话，像用小石投水似的，达到每个人的心里去。几乎是每说完一段，掌声就雷动；跟着就又是静寂。这一动一静之际，使人感到正义与和平尚在人间，不过只有心雄识远的人才能见到，才肯不顾世俗而向卑污黑暗进攻，给人类以光明。文艺家的责任是多么重大呀！

周恩来先生与郭沫若先生相继演说，都简劲有力。末了，上来两位大将，冯玉祥先生与陈铭枢先生。这两位都是会员，他们不仅爱好文艺，而且对文艺运动与文化事业都非常的关心与爱护。历史上——正像周恩来先生所说的——很难找到这样的大团结，因为文人相轻啊。可是，今天不但文人们和和气气地坐在一堂，连抗日的大将也是我们的会员呀。

已到晌午，没法再多请人演讲；其实该请的人还很多呢。邵力子先生（主席）便求老向先生向大家报告：（一）请到门外去照相。（二）照完相，到普海春吃饭，来宾和会员都务请过去。（三）午餐后，会员就在普海春继续开会，省得再往回跑。

照相真热闹，拿着相匣的你挡着我，我挡着你，后面的干着急，前面的连连地照。照了好大半天，才大家有份地都"满载而归"。

晴暖的春光，射在大家的笑脸上，大家携手向饭馆进行。老的小的，胖的瘦的，男的女的，高的矮的，文的武的，洋装的华服的，都说着笑着，走了一街。街上的人围拢过来，大概觉得很奇怪——哪里来的这么多酸溜溜的人呢？

普海春楼上已摆好十几席。大家顾不得入席，有的去找久想晤谈的友人谈话，有的忙着给小姐们签字——冯玉祥先生已被包围得风雨不透。这时候，我看见了卢冀野先生。他更胖了，诗也作得更好——他已即席吟成七律一首；还说要和我的那首"文协"成立会的贺诗呢。我俩正交换住址，前面喊起入席呀，入席呀！

我赶到前面，找着个空位就坐下了。多么巧，这一桌都是诗人！左旁是穆木天先生，右旁是锡金先生，再过去是宋元女士彭玲女士和蒋山青先生……。一盘橘子已被抢完，我只好把酒壶夺过来。刚吃了两个菜，主席宣告，由我朗读大会宣言。王平陵先生不知上哪里去了，我就登了他的椅子，朗诵起来。没想到这么累得慌，读到一半，我已出了汗。幸而喝过两杯酒，还没落个后力不佳。读完归座，菜已吃空，未免伤心。

盛成先生朗读致全世界作家书的法文译文，读得真有工夫，博得几次的满堂彩。

一位难民不知怎的也坐在那里，他立起来自动地唱了个流亡曲，大家也报以掌声。他唱完，冯玉祥先生唱了个吃饭歌，词句好，声音大，大家更是高兴。老将军唱完，还敬大家一杯酒，他自己却不喝；烟酒是与他无缘的。紧跟着，我又去宣读告全世界作家书的原稿，孙师毅先生朗读胡风先生起草的告日本文艺作家书，老向先生宣读慰劳最高领袖暨前线将士的电文。饭已吃完。

空袭警报!

早晨到会来时的那点不安,已因会场上与餐厅间的欢悦而忘掉。可是,到底未出所料,敌机果然来了。好像是暴敌必要在这群以笔为武器的战士们团集的时候,给予威吓,好使他们更坚决的抗日。日本军阀是那么愚蠢的东西呢!炮火屠杀只足以加强中华民族的团结与齐心呀!他们多放一个炸弹,我们便加强一分抗战的决心。感谢小鬼们!

紧急警报!

桌上的杯盘撤下去,大家又按原位坐好。主席上了椅子,讨论会章。正在讨论中,敌机到了上空,高射炮响成一片,震得窗子哗啦哗啦地响。还是讨论会章!

会章通过,适夷先生宣读提议案,一一通过,警报还未解除。进行选举。选举票收齐,主席宣布委托筹备委员检票,选举结果在次日报纸上披露。

警报解除,散会。

晚报上登出大会的盛况,也载着敌机轰炸徐家棚,死伤平民二百多!报仇吧!文艺界同人们怒吼吧!中华民族不得到解放,世界上便没有和平;成立大会是极圆满地开完了,努力进行该做的事吧!

原载1938年5月《宇宙风》第68期

我为什么离开武汉

老　舍

　　去年年底到了汉口。不想马上离开，也并不一定想住下。流亡者除了要跟着国旗走的决定而外，很难再有什么非这样或那样不可的主张。在汉口住了几日，长沙的友人便来信相约，可是在武昌华中大学的友人更是近水楼台，把我拉到他们的宿舍去。住了半个多月，冯焕章先生听到我已来到武昌，便派人来约，不但能给我一间屋子，而且愿供给我馒头与面条。这时候，华中已快放寒假，我的友人都预备回家，并且愿意带着我

汉口沿岸

去。他们（都是江西人）要教我看看江西乡间的生活。我十分感激他们，可是愿留在武昌——卖稿子容易。与他们辞别，我便搬到冯先生那里去，流亡者有福了：华中大学是个美丽的地方，有树有花有草有鸟，还有大块的空地给我做运动场。友人们去上课，我便独在屋中写稿子，及至到了冯先生那里，照样的有树有花有草有鸟，并且院子很大，不但可以打拳踢腿，还可以跑百米而不用转弯。在华中有好友，这里的朋友更多。人多而不乱，我可以安心地读书写字。几个月中，能写出不少的文字来，实在因为得到了通空气的房屋与清静的院宇，我感激友人们与冯先生！

武昌的春天是可怕的，风狂雨大，墙薄气冷，屋里屋外都是那么湿，那么冷，使我懒得出去，而坐在屋里也不舒服。可是，一件最可喜的事情使我心中热起来——文艺界的朋友越聚越多，而且有人来约发起文艺界抗敌协会了。冒着风雨，我们大家去筹备，一连开了许多次筹备会，大家都能按时到会，和和气气的商量。谁说文人相轻，谁说文人不能团结呢？！

在大时代中，专凭着看与听，是不能够了解它的，旁观者清，只是看清了事实的动态，而不能明白事态中人物的情感。看别人荷枪赴前线，并不能体念到战士的心情。要明白大时代，所以，必须在大时代中分担一部分工作。有了操作的经验与热情，而后才能认识时代一部分的真情真意。一部分自然与全面有异，可是认识了一个山峰，到底比瞪着眼看着千重雾岭强。因此，我既然由亡城逃出来，到了武汉，我就想做一点我所能做的，而且是有益于抗战的事。干什么去呢？最理想的当然是到军队里服务。在全面抗战中，一切工作都须统纳于抗战建国一语的里面；那么凡是能尽力于自己所长的工作，而为抗战之支持者，都是好汉。英雄不必都到前线去。能卖力气多收获一些东西，献纳给国家的，都是战士。可是，一提到抗战，人们总以为马上要到前线去，似乎只有到前线才能看到时代的真精神。这并不正确，可是人之常情往往如是。我也是这样，我一心想到前方去。我明知道，为写文章，哪里都可以：只要肯写，用不着挑选地方。可是为搜取材料和为满足自己那点自尊心，战地必胜于后方，所以还是往前去的为是。

但是，我去不了，我的身体弱。勤苦朴俭的生活我很能受；跟着军队去跑，食宿无定，我可是必会生病。一杯不开的水会使我肚痛，我怎能抵抗军队中一切的辛苦呢？！完了！没有强健的身体，简直不配生活在这伟大时代！我伤心，我诅咒自己！

伤心与自怨是没用的，人总会在无可如何中找到活下去的路子。学剑不成还可以去学书，不是吗？我决定停在武汉，写稿子，不再做赴前方的梦。写稿而外，我便为文艺协会跑腿。是的，"文协"成立了，我被举为理事。跑腿是惯做的事，一二十里路还难不倒我；我就是胃口不强，吃不消冷水残茶。况且，只要在都市中，即使走不动，还可以雇车呀；为"文协"而赔几个车钱是该当的。

的确跑了不少路。"文协"的会务，虽然不因为我的奔走而有什么发展，可是我心中好受了一点：既然赴前方工作是有心无力，那么找到了有心有力的事，像为"文协"跑腿，也就稍可自慰了。再说，因为办会务，能见到许许多多朋友，大家关切"文协"，热心帮忙，还不是可喜的事么？不错，许多年轻的朋友们分赴各战场去工作，使我看着眼馋。他们是多么可羡慕啊！穿着军衣，带着徽章，谦卑而又恳切地讲着前线的事实与问题！遇到他们，我几乎无话可说，可是我也必须报告给他们，"文协"怎么怎么了，并且约他们写工作报告，交与会刊发表。好吧，你们到前线去，我这不争气的只好在武汉为你们办理会务了。我这样安慰自己。

一边写文章，一边办理"文协"的事务，一直到了今年七月月尾。这时候，武汉已遭过两次大轰炸，疏散人口的宣传与实施也日紧一日。我赞成疏散人口，并且愿为这件事去宣传。可是，对于自己，我可没想到也有离开武汉的必要，仿佛我是与疏散人口这事实毫无关系的。轰炸，随便吧，炸不死就写稿子。炸弹有两次都落在离我不很远的地方。走，我想不到，我相信武汉永久不会陷落，我相信"文协"的朋友都愿继续工作，我相信到武汉受了更大威胁的时候，我与朋友们就能得到更多的工作。因此，我不能走，连想也不想一下，好像我是命定的该死在武汉，或是眼看着敌人在这里败溃下去。有些人已向我讨论迁移的问题了，我不大起劲。刚到武汉，我以留在武汉为耻；现在疏散人口了，我以离开武汉为耻。多住一天仿佛就多一分勇气与力量，其实我手无寸铁，并未曾冲锋陷阵去，也不能在保卫大武汉的工作中充一名壮丁。可怜的弱书生啊！

卫国是最实在的事。身，胆，心，智，四者都健壮充实，才能做个战士，空喊是没有用的，哀号更为可怜。我没有好的身体，一切便无须再说了。留在武汉么？空有胆子是不中用的，有胆量的老鼠还能咬沉敌人的军舰么？我不想走，可是忽然地便上了船，多么可笑呢！

是的，我忽然就上了船。按着冯先生的意思，他要把我送到桂林去。他说：那里山水好，还有很好的地方住，去到那里写写文章倒不错。我十分感激他的善意，可是我并不愿意去；不是对桂林有什么成见，而是不肯离开武汉。紧跟着"文协"便开会了，讨论迁移的问题，几个理由，使大家决定把总会迁到重庆：（一）总会是全国性的，不必死守武汉。（二）理事与会员多数是有固定职业的，他们必随着供职的机关而离开武汉。各机关，各书局，各报馆，有的已经迁走，有的正预备移动。有人才能办事；人都走净，总会岂不只剩下一块牌子了么？即使有几个没职业的（像我自己）愿留在这里，还有什么用处呢？再说：（三）疏散人口，舟船不够用；机关里能设法索要或包雇船只，私人不会有此便利。一到战局紧急，交通工具都受统制，要走可就更加困难了。所以要走得赶快走。（四）政府是在重庆，"文协"不应与政府失去联系。书局与印刷所多数迁往重庆，"文协"的工作当然与这二者有密切关系，所以也当移往，以便继续工作。理事与会员散在各处者不少，可是哪里也没有在重庆的这么多，会务既当取决于多数人，到重庆自最妥当。

有上述的种种理由，总会迁往重庆遂成决议。谁代表总会去呢？有职业而必须与机关相进退者，也许能，也许不能到重庆去；就是恰巧能到重庆去，也须等着机关的命令，不能自由行动。而且，他们即使随着机关到了重庆，他们当然是先忙机关里的事，有余力才能顾及"文协"的会务。这样，总会必须委托没有职业的理事前往重庆，以期专办会务，像在武汉那样。理事，是理事，不是会员。因为理事对会务熟习，办事较易；而且被派往重庆者，路费统须自筹；理事，既是理事，虽穷而没法推辞，职务所在，理当赔钱；若派会员，可就不能这样不客气，虽然在办事上，无所谓理事与会员之分，本是共同努力。可是在议决案里不能不说得官样一些。

好了，我没职业，我是理事，而且担任总务，我得走！有钱买船票与否，我不敢问自己，以免减少对会务负责的勇气。

可是，我真不愿走！迁移之议既成，我还希望多延迟几天。我自己去访了几位最爱护"文协"的，而且在政府有地位的朋友，探听探听：假若我们不走，是不是可以得到些工作呢？不必是用笔的工作，叫我们去救护被难的民众，或伺候伤兵，也行。心里想：只要有点门路，我就可以有话说，不上桂林，也不去重庆，而留在武汉。可是，我所得到的是："还是走好。"完了，武汉不允许我住下去了。所以，忽然就上了船。既不能住，何不快走；船票不易得，抓到一张便须起身。流亡者的生活一半是在舟车之上，流亡者的命运也仿佛被车票与船票决定着。我离开汉口，挤在洋奴与鸦片鬼之间。洋奴赏给我不开的水数杯，抢去我"费心"五元；花了钱，换来了痢疾。没有强健身体的，不配活在这伟大时代。我既不能赴前线，又不能留在武汉；我只能用钱换来痢疾，在那充满鸦片烟味的船上。

原载1938年10月《弹花》第6期

船上——自汉口到宜昌

老　舍

　　七月十九，武昌大轰炸，我躲在院外的空地上。炸弹在头上吱吱地叫，晓得必落在附近，也许是以我住的地方为目标。警报解除，回到院中，院墙及邻舍已倒；我的屋里只落下些灰土。大家决定搬到汉口去。我十分难过。这里并不是我的家，可是我十分地爱它，特别是在轰炸后。不论是多么不顺眼的地方，一经暴敌轰炸，便很可爱了。况且我所住的地方又是那么清静宽敞。匆匆地卷起铺盖，不好意思落泪，可也又是一番小流亡的滋味呀。

　　由武昌迁到汉口，只是一江之隔，尚且难过；离开武汉，奔往他处，是连想也不敢想的。可是，廿六日文艺界抗敌协会开会，决定总会迁往重庆，我必须去！当然得尊重会中的决议，虽然我决不想走。路上的苦处，到重庆后的困难，都不便预先害怕；我是舍不得武汉，特别是在大轰炸之后。轰炸有什么可怕呢？炸死，不过是一死；炸不死，多少在保卫大武汉的工作中尽自己一点点力量。轰炸只是使人愤怒，只有日本人的愚蠢才以为我们害怕呢。

　　廿九晚还参加"文协"的招待阿特莱女士茶会，卅日夜间可就上了船。走，是服从"文协"的命令；船票，是老向去买的（船票是自己掏钱，不动"文协"的一文）。我只尽了跟着行李，走上船去的责任。假若前几天的炸弹落偏了一些，我必定不会走上船来！可是上船的滋味，并不比听着炸弹吱吱地往下落好受。我几乎不知身在何处，不知为何要挤在人群里。家信已发了：打回老家么？我越去越远了！儿女们还好吧？还记得这两句，可是不敢多去咂摸：把家信作为例行的公事吧。朋友们呢？在武汉交了许多新朋友，昨天还在一处言笑，今晚又分别了。何时能再会面呢？最后，因为它是最重要的，所以放在最后；最后，武汉怎样呢？武汉是不会陷落的！这样告诉朋友们不止一次了。可是，我为什么走呢，既相信武汉不会陷落？这无可自解的矛盾，使人把舌团在口里。身已在船上，即使万感交集，难道还不是以一走了之么？岸上的灯光，射在江里，万星沉浮，动荡无定，心也随着欲碎。别矣武汉！

因为票价贵，船上并不十分挤。可是以人声去判断，简直不知有多少人，而且都发了疯。不知道为什么一定要这么乱嚷乱闹，莫非这就是逃亡必须有的表示么？不在路口上立着，大家便都能过去。可是偏有许多人立在那里，自己不走，也不许别人通过。等一等，大家就都能走过去；然而谁也不等，都往前拥，都开口就骂。中国人大概不会严肃。

安闲自在的只有茶房，酒钱是票价的五分之一，先付。他们穿着拖鞋，托着水烟袋，坐在客厅里闲谈。外国船上的茶房理应如此，他们没有国难，也没有任何责任；可羡慕的隐于舟上的生活呀！

船只有轮廓。一切零件，久已残落，决不修补，门上没柄，壶上没嘴，净桶没边沿，椅子没靠背，床前没号数，电灯没开关……这船的轮廓要把几百条生命送到宜昌去。票价很贵；此外，一律须加"不"字。饭不能吃，开水不开，出恭不方便……污辱中国的江，中国的人，岂只是日本暴敌呢？

可是中国人挺自在，舱里充满了鸦片烟味。疏散人口，免去无谓的牺牲，就是使这些鸦片烟鬼多活几天的意思么？鸦片烟鬼有钱，坐得起污辱华人的洋船，很自在的享受着中西合璧的腐臭生活。有谁敢来干涉他们呢！看，那群孩子！这就是保存国家的元气么？脏，瘦，皮在骨上挂着，一天到晚不是哭便是吃糖果。鸦片烟鬼的后裔呀，也去到后方去安全的害童子痨啊！

船上没有医生。有人把洗脚水倒在开水桶里。我拉痢，害病的还很多呢。两天内，舱里死了七个人。买了船票的猪狗们，就喝挽了洗脚水的水吧，就死在舱里吧，外国人只要你们的钱。大概洋船长教你们都跳下江去死，你们也不发一声吧？

没心去看江景。那夹岸的青山，云中的塔影，蒲上的流烟，多么美好的江山哪！可是，这是被奸污了的美妇。除了把强盗们都赶出去，谁有心肠去谀赞江上的清风与山间的明月呢！那些鸦片鬼们终日倒在床上，那些能坐着的壮士，终日围坐着麻雀桌旁，他们也无心观看美景。他们不理会中国的伟大，所以也就不替中国着急。无限的青山，滚滚的长江，你们是位置在没有诗，没有热情的地方；等着听炮声吧。

船白天走，走得很慢；晚间停住，没一定地方，没一定时间，全凭洋船长的旨意。领江的没有夜间开船的本领；在白天也还触到沙上而几乎搁浅了好多次，四天的工夫没离开船，船白天慢慢地走，夜间不定停在何处，不靠码头，怎能下去呢？只好闻着鸦片烟味，听着牌声，看着那群死尸，喝着不开而且掺了洗脚水的水。就是这样，我到了宜昌。痢疾更重了。茶房又来要小账；预先付过的大概是算了。松懈，肮脏，怯懦的流亡，啊！还用到别处去找国耻吗？

原载1938年《宇宙风》第77期

八方风雨

老 舍

一 前奏

虽然用了个颇像小说或剧本的名字的标题——八方风雨——这却不是小说，也不是剧本，而是在八年抗战中，我的生活的简单纪实。它不是日记，因为我的日记已有一部分被敌人的炸弹烧毁在重庆，无法照抄下来，而且，即使它还全部在我手中，它是那么简单无趣，也不值得印出来。所以，凭着记忆与还保存着的几页日记，我想大概的，简单扼要的，把八年的生活有话即长，无话即短地写下来。我希望它既能给我自己留下一点生命旅程中的印迹，同时也教别离八载的亲友得到我一些消息，省得逐一地在口头或书面上报告。此外，别无什么伟大的企图。在抗战前，我是平凡的人，抗战后，仍然是个平凡的人。那也就可见，我并没有乘着能够混水摸鱼的时候，发点财或做了官；不，我不单没有摸到鱼，连小虾也未曾捞住一个。那么，腾达显贵与金玉满堂假若是"伟大"的小注儿，我这里所记录的未免就显着十分寒碜了。我必定要这么先声明一下，否则叫亲友们看了伤心，倒怪不大好意思的。简言之，这是一个平凡人的平凡生活报告。假若有人喜欢读惊奇，浪漫，不平凡的故事，那我就应该另写一部传奇，而其中的主角也就一定不是我自己了。

　　所谓，"八方风雨"者，因此，并不是说我曾东讨西征，威风凛凛，也非私下港沪或飞到缅甸，去弄些奇珍异宝，而后潜入后方，待价而沽。没有，这些事我都没有做过。我只有一枝笔。这枝笔是我的本钱，也是我的抗敌的武器。我不肯，也不应该，放弃了它，而去另找出路。于是，我由青岛跑到济南，由济南跑到武汉，而后跑到重庆。由重庆，我曾到洛阳，西安，兰州，青海，绥远去游荡，到川东川西和昆明大理去观光。到处，我老拿着我的笔。风把我的破帽子吹落在沙漠上，雨打湿了我的瘦小的铺盖卷儿；比风雨更厉害的是多少次敌人的炸弹落在我的附近，用沙土把我埋了半截。这，是流亡，是酸苦，是贫寒，是兴奋，是抗敌，也就是"八方风雨"。

二　开始流亡

　　直到二十六年十一月中旬，我还没有离开济南。第一，我不知道上哪里去好：回老家北平吧，道路不通；而且北平已陷入敌手，我曾函劝诸友逃出来，我自己怎能去自投罗网呢？到上海去吧，沪上的友人又告诉我不要去，我只好"按兵不动"。第二，从泰安到徐州，火车时常遭受敌机的轰炸，而我的幼女才不满三个月，大的孩子也不过四岁，实在不便去冒险。第三，我独自逃亡吧，把家属留在济南，于心不忍；全家走吧，既麻烦又危险。这是最凄凉的日子。齐鲁大学的学生已都走完，教员也走了多一半。那么大的院子，只剩下我们几家人。每天，只要是晴天，必有警报：上午八点开始，到下午四五点钟才解除。院里静寂得可怕：卖青菜，卖果子的都已不再来，而一群群的失了主人的猫狗都跑来乞饭吃。

我着急，而毫无办法。战事的消息越来越坏，我怕城市会忽然地被敌人包围住，而我做了俘虏。死亡事小，假若我被他捉去而被逼着做汉奸，怎么办呢？这点恐惧，日夜在我心中盘旋。是的，我在济南，没有财产，没有银钱；敌人进来，我也许受不了多大的损失。但是，一个读书人最珍贵的东西是他的一点气节。我不能等待敌人进来，把我的那点珍宝劫夺了去。我必须赶紧出走。

几次我把一只小皮箱打点好，几次我又把它打开。看一看痴儿弱女，我实不忍独自逃走。这情形，在我到了武汉的时候，我还不能忘记，而且写出一首诗来：

> 弱女痴儿不解哀，牵衣问父去何来？
> 话因伤别潸成泪，血若停流定是灰。
> 已见乡关沦水火，更堪江海逐风雷；
> 徘徊未忍道珍重，暮雁声低切切催。

可是，我终于提起了小箱，走出了家门。那是十一月十五日的黄昏。在将要吃晚饭的时候，天上起了一道红闪，紧接着是一声震动天地的爆炸。三个红闪，爆炸了三声。这是——当时并没有人知道——我们的军队破坏黄河铁桥。铁桥距我的住处有十多里路，可是我的院中的树木都被震得叶如雨下。

立刻，全市的铺户都上了门，街上几乎断绝了行人。大家以为敌人已到了城外。我抚摸了两下孩子们的头，提起小箱极快地走出去。我不能再迟疑，不能不下狠心：稍一踟蹰，我就会放下箱子，不能迈步了。

同时，我也知道不一定能走，所以我的临别的末一句话是：

"到车站看看有车没有，没有车就马上回来！"在我的心里，我切盼有车，宁愿在中途被炸死，也不甘心坐待敌人捉去我。同时我也愿车已不通，好折回来跟家人共患难。这两个不同的盼望在我心中交战，使我反倒忘了苦痛。我已主张不了什么，走与不走全凭火车替我决定。

在路上，我找到一位朋友，请他陪我到车站去，假若我能走，好托他照应着家中。

车站上居然还卖票。路上很静，车站上却人山人海。挤到票房，我买了一张到徐州的车票。八点，车入了站，连车顶上已坐满了人。我有票，而上不去车。

生平不善争夺抢挤。不管是名，利，减价的货物，还是车位，船位，还有电影票，我都不会把别人推开而伸出自己的手去。看看车子看看手中的票，我对友人说："算了吧，明天再说吧！"

友人主张再等一等。等来等去，已经快十一点了，车子还不开，我也上不去。我又要回家。友人代我打定了主意："假若能走，你还是走了好！"他去敲了敲末一间车的窗。窗子打开，一个茶役问了声："干什么？"友人递过去两块钱，只说了一句话："一个人，一个小箱。"茶役点了头，先接过去箱子，然后拉我的肩。友人托了我一把，我钻入了车中，我的脚还没落稳，车里的人——都是士兵——便连喊："出去！出去！没有地方。"好容易立稳了脚，我说了声："我已买了票。"大家看着我，也不怎么没再说什么。我告诉窗外的友人："请回吧！明天早晨请告诉家里一声，我已上了车！"友人向我招了招手。

没有地方坐，我把小箱竖立在一辆自行车的旁边，然后用脚，用身子，用客气，用全身的感觉，扩充我的地盘。最后，我蹲在小箱旁边。又待了一会儿，我由蹲而坐，坐在了地上，下颏恰好放在自行车的坐垫上——那个三角形的，皮的东西。

我只能这么坐着，不能改换姿式，因为四面八方都挤满了东西与人，恰好把我镶嵌在那里。

车中有不少军火，我心里说："一有警报，才热闹！只要一个枪弹打进来，车里就会爆炸；我，箱子，自行车，全会飞到天上去。"

同时，我猜想着，三个小孩大概都已睡去，妻独自还没睡，等着我也许回去！这个猜想可是不很正确。后来得到家信，才知道两个大孩子都不肯睡，他们知道爸走了，一会儿一问妈：爸上哪儿去了呢？

夜里一点才开车，天亮到了泰安。我仍维持着原来的姿式坐着，看不见外边。我问了声："同志，外边是阴天，还是晴天？"回答是："阴天。"感谢上帝！北方的初冬轻易不阴天下雨，我赶的真巧！由泰安再开车，下起细雨来。

晚七点到了徐州。一天一夜没有吃什么，见着石头仿佛都愿意去啃两口。头一眼，我看见了个卖干饼子的，拿过来就是一口。我差点儿噎死。一边打着嗝儿，我一边去买郑州的票。我上了绿钢车。站中，来的去的全是军车，只有这绿钢车，安闲的，漂亮的，停在那里，好像"战地之花"似的。

到郑州，我给家中与汉口朋友打了电报，而后歇了一夜。

到了汉口，我的朋友白君刚刚接到我的电报。他把我接到他的家中去。这是二十六年十一月十八日。从这一天起，我开始过流亡的生活。到今天——三十四年十二月四日——已整整八年了。

三　在武昌

离开家里，我手里拿了五十块钱。回想起来，那时候的五十元钱有多么大的用处呀！它使我由济南走到汉口，而还有余钱送给白太太一件衣料——白君新结的婚。

白君是我中学时代的同学。在武汉，还另有两位同学，朱君与蔡君。不久，我就看到了他们。蔡君还送给我一件大衣。

住处有了，衣服有了，朋友有了："我将干些什么呢？"这好决定。我既敢只拿着五十元钱出来，我就必是相信自己有挣饭吃的本领。我的资本就是我自己。只要我不偷懒，勤动着我的笔，我就有饭吃。

在汉口，我第一篇文章是给《大公报》写的。紧紧跟着，又有好几位朋友约我写稿。好啦，我的生活可以不成问题了。

倒是继续住在汉口呢？还是另到别处去呢？使我拿不定主意。二十一日，国府明令移都重庆。二十二日，苏州失守。武汉的人心极度不安。大家的不安，也自然地影响到我。我的行李简单，"货物"轻巧，而且喜欢多看些新的地方，所以我愿意再走。

我打电报给赵水澄兄，他回电欢迎我到长沙去。可是武汉的友人们都不愿我刚刚来到，就又离开他们；我是善交友的人，也就犹豫不决。

在武昌的华中大学，还有我一位好友，游泽丞教授。他不单不准我走，而且把自己的屋子与床铺都让给我，教我去住。他的寓所是在云架桥——多么美的地名！——地方安静，饭食也好，还有不少的书籍。以武昌与汉口相较，我本来就欢喜武昌，因为武昌像个静静的中国城市，而汉口是不中不西的乌烟瘴气的码头。云架桥呢，又是武昌最清静的所在，所以我决定搬了去。

游先生还另有打算。假若时局不太坏，学校还不至于停课，他很愿意约我在华中教几点钟书。

汉口码头

停泊在汉口码头的圆形船尾

可是，我第一次到华中参观去，便遇上了空袭，这时候，武汉的防空设备都极简陋。汉口的巷子里多数架起木头，上堆沙包。一个轻量的炸弹也会把木架打垮，而沙包足以压死人。比这更简单的是往租界里跑。租界里连木架沙包也没有，可是大家猜测着日本人还不至于轰炸租界——这是心理的防空法。武昌呢，有些地方挖了地洞，里边用木头撑住，上覆沙袋，这和汉口的办法一样不安全。有的人呢，一有警报便往蛇山上跑，藏在树林里边。这，只须机枪一扫射，便要损失许多人。

行驶在汉口的日本炮舰

华中更好了，什么也没有。我和朋友们便藏在图书馆的地窖里。摹仿，使日本人吃了大亏。假若日本人不必等德国的猛袭波兰与伦敦，就已想到一下子把军事或政治或工业的中心炸得一干二净，我与我的许多朋友或者早已都死在武汉了。可是，日本人那时候只派几架，至多不过二三十架飞机来。他们不猛袭，我们也就把空袭不放在心上。在地窖里，我们还觉得怪安全呢。

不久，何容，老向与望云诸兄也都来到武昌千家街福音堂。冯先生和朋友们都欢迎我们到千家街去。那里，地方也很清静，而且有个相当大的院子。何容与老向打算编个通俗的刊物；我去呢，也好帮他们一点忙。于是我就由云架桥搬到千家街，而慢慢忘了到长沙去的事。流亡中，本来是到处为家，有朋友的地方便可以小住；我就这么在武昌住下去。

四　略谈三镇

把个小一点的南京和一个小一点的上海，搬拢在一处，放在江的两岸，便是武汉。武昌很静，而且容易认识——有那条像城的脊背似的蛇山，很难迷失了方向。汉口差不多和上海一样的嘈杂混乱，而没有上海的忙中有静和上海的那点文化事业与气氛。它纯粹的是个商埠，在北平，济南，青岛住惯了，我连上海都不大喜欢，更不用说汉口了。

在今天想起来，汉口几乎没有给我留下任何印象。虽然武昌的黄鹤楼是那么奇丑的东西，虽然武昌也没有多少美丽的地方，可是我到底还没完全忘记了它。在蛇山的梅林外吃茶，在珞珈山下荡船，在华中大学的校园里散步，都使我感到舒适高兴。

特别值得留恋的是武昌的老天成酒店。这是老字号。掌柜与多数的伙计都是河北人。我们认了乡亲。每次路过那里，我都得到最亲热的招呼，而他们的驰名的二锅头与碧醇是永远管我喝够的。

汉阳虽然又小又脏，却有古迹：归元寺、鹦鹉洲、琴台、

鲁肃墓，都在那里。这些古迹，除了归元寺还整齐，其他的都
破烂不堪，使人看了伤心。

汉阳古琴台

汉阳的茶馆

汉阳的兵工厂是有历史的。它给武汉三镇招来不少次的空袭，它自己也受了很多的炸弹。

武汉的天气也不令人喜爱。冬天很冷，有时候下很厚的雪。夏天极热，使人无处躲藏。武昌，因为空旷一些，还有时候来一阵风。汉口，整个的像个大火炉子。树木很少，屋子紧接着屋子，除了街道没有空地。毒花花的阳光射在光光的柏油路上，令人望而生畏。

越热，蚊子越多。在千家街的一间屋子里，我曾在傍晚的时候，守着一大扇玻璃窗。在窗上，我打碎了三本刊物，击落了几百架小飞机。

蜈蚣也很多，很可怕。在褥下，箱子下，枕下，我都洒了雄黄；虽然不准知道，这是否确能避除毒虫，可是有了这点设施，我到底能睡得安稳一些。有一天，一撕一个的小的邮卷，哼，里面跳出一条蜈蚣来！

提到饮食，武汉并没有什么特殊的东西。除了珍珠丸子一类的几种蒸菜而外，烹调的风格都近似江苏馆子的——什么菜都加点烩粉与糖，既不特别的好吃，也不太难吃。至于烧卖里面放糯米，真是与北方老粗故意为难了！

五　写鼓词

当我还在济南的时候，因时局的紧张，与宣传的重要，我已经想利用民间的文艺形式。我曾随着热心宣传抗战的青年们去看白云鹏与张小轩两先生，讨论鼓书的作法。

在汉口，我遇见了富少舫（山药旦）先生，董莲枝女士和她的丈夫郑先生。这三位，都能读书写字，他们的爱国心也自然比一般的艺员更丰富。他们的眼睛不完全看着生意。只要有人供给他们新词儿，他们就肯下工夫去琢磨腔调，去背诵，去演唱，即使因此而影响到生意（都市中有闲的人们，既不喜新词儿，又不喜接受宣传），他们也不管。他们以为能在生意之外，多尽些宣传的责任，是他们的光荣。

和他们认识之后，我便开始写鼓词。

这时候，冯先生正请几位画家给画大张的抗战宣传画，以便放在街上，照着"拉大片"——一名西湖景——的办法，叫民众们看。这需要一些韵语，去说明图画，我也就照着"看了一篇又一篇，十冬腊月好冷天"的套子，给每张作一首歌儿。

在战争中，大炮有用，刺刀也有用，同样的，在抗战中，写小说戏剧有用，写鼓词小曲也有用。我的笔须是炮，也须是刺刀。我不管什么是大手笔，什么是小手笔；只要是有实际的功用与效果的，我就肯去学习，去试作。我以为，在抗战中，我不仅应当是个作者，也应当是个最关心战争的国民；我是个国民，我就该尽力于抗敌；我不会放枪，好，让我用笔代替枪吧。既愿以笔代枪，那就写什么都好；我不应因写了鼓词与小曲而觉得有失身分。

在冯先生那里，还来了三位避难的唱河南坠子的。他们都是男人，都会拉会唱。他们都是在河南乡间的集市上唱书的，所以他们需要长的歌词，一段至少也得够唱半天的。我向他们领教了坠子的句法，就开始写一大段抗战的故事，一共写了三千多句。他们都是河南人，所以在他们的书词里有好多好多河南土语。他们的用韵也以乡音为准，譬如"叔"可以押"楼"，因为他们的"叔"读如北平的"熟"。我是北平人，只会用北平的俗语；于是，我虽力求通俗，可是有许多用语与词汇不是他们所能了解的。由这点经验，我晓得了通俗文艺若失去它的地方性，无论在言语上，还是在趣味上，它就必定也失去它的活跃与感动力。因此，我觉得民间的精神食粮，应当用一个地方的言语写下来，而后由各地方去翻译成各地方的土语；它的故事与趣味也照各地方的所需，酌量增减改动，才能保存它的文艺性。反之，若仅用死板的，没有生气的官话写出，则尽管各地方的人可以勉强听懂，也不会有多大的感动力量。

这三千多句长的一段韵文，可惜，已找不到了底稿。可是，我确知道那三位唱坠子的先生已把它背诵得飞熟，并且上了弦板。说不定，他们会真在民间去唱过呢——他们在武汉危急的时候，返回了故乡。

六　组织"文协"

文人们仿佛忽然集合到武汉。我天天可以遇到新的文友。我一向住在北方，又不爱到上海去，所以我认识的文艺界的朋友并不很多，戏剧界的名家，我简直一个也不熟识。现在，我有机会和他们见面了。

郭沫若，茅盾，胡风，冯乃超，艾芜，鲁彦，郁达夫，诸位先生，都遇到了。此外，还遇到戏剧界的阳翰笙，宋之的诸位先生和好多位名导演与名艺员。

朋友们见面，不约而同地都想组织全国文艺界抗敌协会，以便团结到一处，共同努力于抗敌的文艺。我不是好事喜动的人，可是大家既约我参加，我也不便辞谢。于是，我就参加了筹备工作。

筹备得相当的快。到转过年三月二十七日成立大会便开成了。文人，在平日似乎有点吊儿郎当，赶到遇到要事正事，他们会干得很起劲，很紧张。文艺协会的筹备期间并没有一个钱，可是大家肯掏腰包，肯跑路，肯车马自备。就凭着这一点齐心努力的精神，大家把会开成，而且开得很体面。

这是，一点也不夸大，历史上少见的一件事。谁曾见过几百位写家坐在一处，没有一点成见与隔膜，而都想携起手来，立定了脚步，集中了力量，勇敢的，亲热的，一心一德的，成为笔的铁军呢？

大会是在商会里开的，连写家带来宾到了七八百人。主席是邵力子先生。这位老先生是"文协"首次大会的主席，也是后来历届年会的主席。上午在商会开会。中午在普海春聚餐；饭后即在普海春继续开会，讨论会章并选举理事。真热闹，也真热烈。有的人登在凳子上宣传大会的宣言，有的人朗读致外国作家的英文与法文信。可是警报器响了，空袭！谁也没有动，还照旧地开会。普海春不在租界，我们不管。一个炸弹就可以打死大一半的中国作家，我们不管。

紧急警报！我们还是不动。高射炮响了。听到了敌机的声音。我们还继续开会。投弹了。二十七架敌机，炸汉阳。

解除警报，我们正在选举。五点多钟散会，可是被推为检票——我也是一个——及监票的，还须继续工作。我们一直干到深夜。选举的结果，正是大家所期望的——不分党派，不管对文艺的主张如何，而只管团结与抗战。就我所记得的，邵力子，郭沫若，茅盾，胡风，冯乃超，郁达夫，姚蓬子，楼适夷，王平陵，陈西滢，张恨水，老向，诸位先生都当选。只就这几位说，就可以看出他们代表的方面有多么广，而绝对没有一点谁要包办与把持的痕迹。

第一次理事会是在冯先生那里开的。会里没有钱，无法预备茶饭，所以大家硬派冯先生请客。冯先生非常的高兴，给大家预备了顶丰富，顶实惠的饮食。理事都到会，没有请假的。开会的时候，张善子画师"闻风而至"，愿做会员。大家告诉他："这是文艺界协会，不是美术协会。"可是，他却另有个解释："文艺就是文与艺术。"虽然这是个曲解，大家可不再好意思拒绝他，他就做了"文协"的会员。

后来，善子先生给我画了一张顶精致的扇面——秋山上立着一只工笔的黑虎。为这个扇面，我特意过江到荣宝斋，花了五元钱，配了一副扇骨。荣宝斋的人们也承认那是杰作。那一面，我求丰子恺给写了字。可惜，第一次拿出去，便丢失在洋车上，使我心中难过了好几天。

我被推举为常务理事，并须担任总务组组长。我愿做常务理事，而力辞总务组组长。"文协"的组织里，没有会长或理事长。在拟定章程的时候，大家愿意教它显出点民主的精神，所以只规定了常务理事分担各组组长，而不愿有个总头目。因此，总务组组长，事实上，就是对外的代表，和理事长差不多。我不愿负起这个重任。我知道自己在文艺界的资望既不够，而且没有办事的能力。

可是，大家无论如何不准我推辞，甚至有人声明，假若我辞总务，他们也就不干了。为怕弄成僵局，我只好点了头。

七　抗战文艺

这一来不要紧，我可就年年的连任，整整做了七年。

上长沙或别处的计划，连想也不再想了。"文协"的事务把我困在了武汉。

"文协"的"打炮"工作是刊行会刊。这又做得很快。

大家凑了点钱，凑了点文章，就在五月四日发刊了《抗战文艺》。这个日子选得好。"五四"是新文艺的生日，现在又变成了《抗战文艺》的生日。新文艺假若是社会革命的武器，现在它变成了民族革命抵御侵略的武器。

《抗战文艺》最初是三日刊。不行，这太紧促。于是，出到五期就改了周刊。最热心的是姚蓬子，适夷，孔罗荪与锡金几位先生，他们昼夜地为它操作，奔忙。

会刊虽不很大，它却给文艺刊物开了个新纪元——它是全国写家的，而不是一个人或几个人的。积极的，它要在抗战的大前提下，容纳全体会员的作品，成为"文协"的一面鲜明的旗帜。消极的，它要尽量避免像战前刊物上一些彼此的口角与近乎恶意的批评。它要稳健，又要活泼；它要集思广益，还要不失了抗战的，一定的目标；它要抱定了抗战宣传的目的，还要维持住相当高的文艺水准。这不大容易做到。可是，它自始至终，没有改变了它的本来面目。始终没有一篇专为发泄自己感情，而不顾及大体的文章。

在武汉撤退的时候，有一部分会员，仍停留在那里。他们——像冯乃超和孔罗荪几位先生——决定非至万不得已的时候不离开武汉。于是，在会刊编辑部西去重庆的期间，就由这几位先生编刊武汉特刊。特刊一共出了四期，末一期出版已是十月十五日——武汉是二十五日失守的。连同这四期特刊，《抗战文艺》在武汉一共出了二十期。自十七期起，即在重庆复刊。这个变动的痕迹是可以由纸张上看出来的：前十六期及特刊四期都是用白报纸印的，自第十七期起，可就换用土纸了。

重庆的印刷条件不及武汉那么良好，纸张——虽然是土纸——也极缺乏。因此，在"文协"的周年纪念日起，会刊由周刊改为半月刊。后来，又改成了月刊。就是在改为月刊之后，它还有时候脱期。会中经费支绌与印刷太不方便是使它脱期的两个重要原因。但是，无论怎么困难，它始终没有停刊。它是"文协"的旗帜，会员们决不允许它倒了下去。在武汉的时候，它可以销到七八千份。假若武汉不失守，它一定可以增销到万份以上。销得多就不会赔钱，也自然可以解决了许多困难。可是，武汉失守了，会刊在渝复刊后，只能行销于重庆，昆明，贵阳，成都几个大都市，连洛阳，西安，兰州都到不了。于是，每期只能印五千份，求收支相抵已自不易，更说不到赚钱了。

到了日本投降时，会刊出到了七十期。"文协"呢，由文艺界抗敌协会改名为文艺协会，《抗战文艺》也自然须告一结束，于是编辑者决定再出一小册做为终卷；以后就须出文艺协会的新会刊了。

在香港，昆明和成都的"文协"分会，也都出过刊物，可是都因人才的缺乏与经费的困难，时出时停。最值得一提的是香港分会曾经出过几期外文的刊物，向国外介绍中国的抗战文艺。这是头一个向国外做宣传的文艺刊物，可惜因经费不足而夭折了，直到抗战胜利，也并没有继承它的。

我不惮繁琐地这么叙述"文协"会刊的历史，因为它实在是一部值得重视的文献。它不单刊露了战时的文艺创作，也发表了战时文艺的一切意见与讨论，并且报告了许多文艺者的活动。它是文，也是史。它将成为将来文学史上的一些最重要的资料。同时它也表现了一些特殊的精神，使读者看到作家们是怎样地在抗战中团结到一起，始终不懈地打着他们的大旗，向暴敌进攻。

在忙着办会刊而外，我们几乎每个星期都有座谈会联谊会。那真是快活的日子。多少相识与不相识的同道都成了朋友，在一块儿讨论抗战文艺的许多问题。开茶会呢，大家各自掏各自的茶资；会中穷得连"清茶恭候"也做不到呀。会后，刚刚得到了稿费的人，总是自动地请客，去喝酒，去吃便宜的饭食。在会所，在公园，在美的咖啡馆，在友人家里，在旅馆中，我们都开过会。假若遇到夜间空袭，我们便灭了灯，摸着黑儿谈下去。

这时候大家所谈的差不多集中在两个问题上：一个是如何教文艺下乡与入伍，一个是怎么使文艺效劳于抗战。前者是使大家开始注意到民间通俗文艺的原因；后者是在使大家于诗，小说，戏剧而外，更注意到朗诵诗，街头剧及报告文学等新体裁。

但是，这种文艺通俗运动的结果，与其说是文艺真深入了民间与军队，倒不如说是文艺本身得到新的力量，并且产生了新的风格。文艺工作者只能负讨论，试作与倡导的责任，而无法自己把作品送到民间与军队中去。这需要很大的经费与政治力量，而文艺家自己既找不到经费，又没有政治力量。这样，文艺家想到民间去，军队中去，都无从找到道路，也就只好写出民众读物，在报纸上刊物上发表发表而已。这是很可惜，与无可如何的事。

虽然我的一篇《抗战一年》鼓词，在"七七"周年纪念日，散发了一万多份；虽然何容与老向先生编的《抗到底》是专登载通俗文艺作品的刊物；虽然有人试将新写的通俗文艺也用木板刻出，好和《孟姜女》与《叹五更》什么的放在一处去卖；虽然不久教育部也设立了通俗读物编刊处；可是这个运动，在实施方面，总是枝枝节节没有风起云涌的现象。我知道，这些作品始终没有能到乡间与军队中去——谁出大量的金钱，一印就印五百万份？谁给它们运走？和准否大量的印，准否送到军民中间去？都没有解决。没有政治力量在它的后边，它只能成为一种文艺运动，一种没有什么实效的运动而已。

　　会员郁达夫与盛成先生到前线去慰劳军队。归来，他们报告给大家：前线上连报纸都看不到，不要说文艺书籍了。士兵们无可如何，只好到老百姓家里去借《三国演义》与《施公案》一类的闲书。听到了这个，大家更愿意马上写出一些通俗的读物，先印一二百万份送到前线去。我们确是愿意写，可是印刷的经费与输送的办法呢？没有人能回答。于是，大家只好干着急，而想不出办法来。

八　入川

　　在武汉，我们都不大知道怕空袭。遇到夜袭，我们必定"登高一望"。探照灯把黑暗划开，几条银光在天上寻找。找到了，它们交叉在一处，照住那银亮的，几乎是透明的敌机。而后，红的黄的曳光弹打上去，高射炮紧跟着开了火。有声有色，真是壮观。

　　四月二十九日与五月三十一日的两次大空战，我们都在高处看望。看着敌机被我机打伤，曳着黑烟逃窜，走着走着，一团红光，敌机打几个翻身，落了下去；有多么兴奋，痛快呀！一架敌机差不多就在我们的头上，被我们两架驱逐机截住，它就好像要孵窝的母鸡似的，有人捉它，它就爬下不动那样，老老实实地被击落。

　　可是，一进七月，空袭更凶了，而且没有了空战。在我的住处，有一个地洞，横着竖着，上下与四壁都用木柱密密地撑住，顶上堆着沙包。有一天，也就是下午两三点钟吧，空袭，我们入了这个地洞。敌机到了。一阵风，我们听到了飞沙走石；紧跟着，我们的洞就像一只小盒子被个巨人提起来，紧紧地乱摇似的，使我们眩晕。离洞有三丈吧，落了颗五百磅的炸弹，碎片打过来，把院中的一口大水缸打得粉碎。我们门外的一排贫民住房都被打垮，马路上还有两个大的弹坑。

我们没被打死，可是知道害怕了。再有空袭，我们就跑过铁路，到野地的荒草中藏起去。天热，草厚，没有风，等空袭解除了，我的袜子都被汗湿透。

不久，冯先生把我们送到汉口去。武昌已经被炸得不像样子了。千家街的福音堂中了两次弹。蛇山的山坡与山脚死了许多人。

因为我是"文协"的总务主任，我想非到万不得已不离开汉口。我们还时常在友人家里开晚会，十回倒有八回遇上空袭，我们煮一壶茶，灭去灯光，在黑暗中一直谈到空袭解除。邵先生劝我们快走，他的理由是："到了最紧急的时候，你们恐怕就弄不到船位，想走也走不脱了！"

这样，在七月三十日，我，何容，老向与肖伯青（"文协"的干事），便带着"文协"的印鉴与零碎东西，辞别了武汉。只有友人白君和冯先生派来的副官，来送行。

船是一家中国的公司的，可插着意大利旗子。这是条设备齐全，而一切设备都不负责任的船。舱门有门轴，而关不上门；电扇不会转；衣钩掉了半截；什么东西都有，而全无用处。开水是在大木桶里。我亲眼看见一位江北娘姨把洗脚水用完，又倒在开水桶里！我开始拉痢。

一位军人，带着紧要公文，要在城陵矶下船。船上不答应在那里停泊。他耽误了军机，就碰死在绕锚绳的铁柱上！

船只到宜昌。我们下了旅馆。我继续拉痢。天天有空袭。在这里，等船的人很多，所以很热闹——是热闹，不是紧张。

中国人仿佛不会紧张。这也许就是日本人侵华失败的原因之一吧？日本人不懂得中国人的"从容不迫"的道理。

我们求一位黄老翁给我们买票。他是一位极诚实坦白的人，在民生公司做事多年。他极愿帮我们的忙，可是连他也不住地抓脑袋。人多船少，他没法子临时给我们赶造出一只船来。等了一个星期，他算是给我们买到了铺位——在甲板上。我们不挑剔地方，只要不叫我们浮着水走就好。

仿佛全宜昌的人都上了船似的。不要说甲板上，连烟囱下面还有几十个难童呢。开饭，昼夜的开饭。茶役端着饭穿梭似的走，把脚上的泥垢全印在我们的被上枕上。我必须到厕所去，但是在夜间三点钟，厕所外边还站着一排候补员呢！

三峡有多么值得看哪。可是，看不见。人太多了，若是都拥到船头上去观景，船必会插在江里，永远不再抬头。我只能侧目看下面，看到人头——头发很黑——在水里打旋儿。

八月十四，我们到了重庆。上了岸，我们一直奔了青年会去。会中的黄次咸与宋杰人两先生都欢迎我们，可是怎奈宿舍已告客满。这时候重庆已经来了许多公务人员和避难的人，旅馆都有人满之患。青年会宿舍呢，地方清静，床铺上没有臭虫，房价便宜，而且有已经打好了的地下防空洞，所以永远客满。我们下决心不去另找住处。我们知道，在会里——那怕是地板呢——做候补，是最牢靠的办法。黄先生们想出来了一个办法，叫我们暂住在机器房内。这是个收拾会中的器具的小机器房，很黑，响声很大。

天气还很热。重庆的热是出名的。我永远没睡过凉席，现在我没法不去买一张了。睡在凉席上，照旧汗出如雨。墙，桌椅，到处是烫的；人仿佛是在炉里。只有在一早四五点钟的时候，稍微凉一下，其余的时间全是在热气团里。城中树少而坡多，顶着毒花花的太阳，一会儿一爬坡，实在不是好玩的。

四川的东西可真便宜，一角钱买十个很大的烧饼，一个铜板买一束鲜桂圆。好吧，天虽热，而物价低，生活容易，我们的心中凉爽了一点。在青年会的小食堂里，我们花一二十个铜板就可以吃饱一顿。

"文协"的会友慢慢地都来到，我们在临江门租到了会所，开始办公。

我们的计划对了。不久，我们便由机器房里移到楼下一间光线不很好的屋里去。过些日子，又移到对门光线较好的一间屋中。最后，我们升到楼上去，屋子宽，光线好，开窗便看见大江与南山。何容先生与我各据一床。他编《抗到底》，我写我的文章。他每天是午前十一点左右才起来。我呢，到十一点左右已写完我一天该写的一二千字。写完，我去吃午饭。等我吃过午饭回来，他也出去吃东西，我正好睡午觉。晚饭，我们俩在一块儿吃。晚间，我睡得很早，他开始工作，一直到深夜。我们，这样，虽分住一间屋子，可是谁也不妨碍谁。赶到我们偶然都喝醉了的时候，才忘了这互不侵犯协定，而一齐吵嚷一回。

我开始正式地去和富少舫先生学大鼓书。好几个月，才学会了一段《白帝城》，腔调都摹拟刘（宝全）派。学会了这么几句，写鼓词就略有把握了。几年中，我写了许多段，可是只有几段被富先生们采用了：

《新拴娃娃》（内容是救济难童），富先生唱。

《文盲自叹》（内容是扫除文盲），富先生唱。

《陪都巡礼》（内容是赞美重庆），富贵花小姐唱。

《王小赶驴》（内容是乡民抗敌），董莲枝女士唱。

以上四段，时常在陪都演唱。其中以《王小赶驴》为最弱，因为董女士是唱山东犁铧大鼓的，腔调太缓慢，表现不出激昂慷慨的情调。于此，知内容与形式必求一致，否则劳而无功。

我也开始写旧剧剧本——用旧剧的形式写抗战的故事。这没有多大的成功。我只听说有一两出曾在某地表演过，我可是没亲眼看到。旧剧，因为是戏剧，比鼓词难写多了。最不好办的是教现代的人穿行头，走台步；不如此吧，便失去旧剧之美；按葫芦挖瓢吧，又使人看着不舒服；穿时装而且歌且舞吧，又像文明戏。没办法！

这时候，我还为《抗到底》写长篇小说——《蜕》。这篇东西没能写成。《抗到底》后来停刊了，我就没再往下写。

转过年来，二十八年之春，我开始学写话剧剧本。对戏剧，我是十成十的外行，根本不晓得小说与剧本有什么分别。不过，和戏剧界的朋友有了来往，看他们写剧，导剧，演剧，很好玩，我也就见猎心喜，决定瞎碰一碰。好在，什么事情莫不是由试验而走到成功呢。我开始写《残雾》。

初夏，"文协"得到战地党政工作委员会的资助，派出去战地访问团，以王礼锡先生为团长，宋之的先生为副团长，率领罗烽，白朗，葛一虹等十来位先生，到华北战地去访问抗战将士。

同时，慰劳总会组织南北两慰劳团，函请"文协"派员参加。理事会决议：推举姚蓬子，陆晶清两先生参加南团，我自己参加北团。

这是在五三、五四敌机狂炸重庆以后。重庆的房子，除了大机关与大商店的，差不多都是以竹篾为墙，上敷泥土，因为冬天不很冷，又没有大风，所以这种简单、单薄的建筑满可以将就。力气大的人，一拳能把墙砸个大洞。假若鲁智深来到重庆，他会天天闯祸的。这种房子盖得又密密相连，一失火就烧一大片。火灾是重庆的罪孽之一。日本人晓得这情形，所以五三、五四都投的是燃烧弹——不为炸军事目标，而是蓄意要毁灭重庆，造成恐怖。

前几天，我在公共防空洞里几乎憋死。人多，天热，空袭的时间长，洞中的空气不够用了。五三、五四我可是都在青年会里，所以没受到什么委屈。五四最糟，警报器因发生障碍，不十分响；没有人准知道是否有了空袭，所以敌机到了头上，人们还在街上游逛呢。火，四面八方全是火，人死得很多。我在夜里跑到冯先生那里去，因为青年会附近全是火场，我怕被火围住。彻夜，人们像流水一般，往城外搬。

经过这个大难，"文协"会所暂时移到南温泉去，和张恨水先生为邻。我也去住了几天。人心慢慢地安定了，我回渝筹备慰劳团与访问团出发的事情。我买了两身灰布的中山装，准备远行。此后，我老穿着这样的衣服。下过几次水以后，衣服灰不灰，蓝不蓝，老在身上裹着，使我很像个清道夫。吴组缃先生管我的这种服装叫作斯文扫地的衣服。

"文协"当然不会给我盘缠钱，我便提了个小铺盖卷，带了自己的几块钱，北去远征。

在起身以前，我写完了《残雾》。没加修改，便交王平陵先生去发表。我走了半年。等我回来，《残雾》已上演过了，很成功。导演是马彦祥先生，演员有舒绣文，吴茵，孙坚白，周伯勋诸位先生。可惜，我没有看见。

慰劳团先到西安，而后绕过潼关，到洛阳。由洛阳到襄樊老河口，而后出武关再到西安。由西安奔兰州，到由兰州榆林，而后到青海，绥远，宁夏，兴集，一共走了五个多月，两万多里。

这次长征的所见所闻，都记在《剑北篇》里——一部没有写完，而且不大像样的，长诗。在陕州，我几乎被炸死。在兴集，我差一点被山洪冲了走。这些危险与兴奋，都记在《剑北篇》里，即不多赘。

王礼锡先生死在了洛阳，这是文艺界极大的一个损失！

九　由川到滇

从二十九年起，大家开始感觉到生活的压迫。四川的东西不再便宜了，而是一涨就涨一倍的天天往上涨。我只好经常穿着斯文扫地的衣服了。我的香烟由使馆降为小大英，降为刀牌，降为船牌，再降为四川土产的卷烟——也可美其名曰雪茄。别的日用品及饮食也都随着香烟而降格。

生活不单困苦，而且也不安定。二十八，二十九，三十，这三年，日本费尽心机，用各种花样来轰炸。有时候是天天用一二百架飞机来炸重庆，有时候只用每次三五架，甚至于一两架，自晓至夜地施行疲劳轰炸，有时候单单在人们要睡觉，或睡的正香甜的时候，来捣乱。日本人大概是想以轰炸压迫政府投降。这是个梦想。中国人绝不是几个或几千个炸弹所能吓倒的。虽然如此，我在夏天可必须离开重庆，因为在防空洞里我没法子写作。于是，一到雾季过去，我就须预备下乡，而冯先生总派人来迎接："上我这儿来吧，城里没法子写东西呀！"二十九年夏天，我住在陈家桥冯公馆的花园里。园里只有两间茅屋，归我独住。屋外有很多的树木，树上时时有各种的鸟儿为我——也许为它们自己——唱歌。我在这里写《剑北篇》。

雾季又到，回教协会邀我和宋之的先生合写以回教为主题的话剧。我们就写了《国家至上》。这剧本，在重庆，成都，昆明，大理，香港，桂林，兰州，恩施，都上演过。他是抗战文艺中一个成功的作品。因写这剧本，我结识了许多回教的朋友。有朋友，就不怕穷。我穷，我的生活不安定，可是我并不寂寞。

二十九年冬，因赶写《面子问题》剧本，我开始患头晕。生活苦了，营养不足，又加上爱喝两杯酒，遂患贫血。贫血遇上努力工作，就害头晕——一低头就天旋地转，只好静卧。这个病，至今还没好，每年必犯一两次。病一到，即须卧倒，工作完全停顿！着急，但毫无办法。有人说，我的作品没有战前的那样好了。我不否认。想想看，抗战中，我是到处流浪，没有一定的住处，没有适当的饭食，而且时时有晕倒的危险，我怎能写出字字珠玑的东西来呢？

三十年夏，疲劳轰炸闹了两个星期。我先到歌乐山，后到陈家桥去住，还是应冯先生之邀。这时候，罗莘田先生来到重庆。因他的介绍，我认识了清华大学校长梅贻琦先生，梅先生听到我的病与生活状况，决定约我到昆明去住些日子。昆明的天气好，又有我许多老友，我很愿意去。在八月下旬，我同莘田搭机，三个钟头便到了昆明。

我很喜爱成都，因为它有许多地方像北平。不过，论天气，论风景，论建筑，昆明比成都还更好。我喜欢那比什刹海更美丽的翠湖，更喜欢昆明湖——那真是湖，不是小小的一汪水，像北平万寿山下的人造的那个。土是红的，松是绿的，天是蓝的，昆明的城外到处像油画。

更使我高兴的，是遇见那么多的老朋友。杨今甫大哥的背有点驼了，却还是那样风流儒雅。他请不起我吃饭，可是也还烤几罐土茶，围着炭盆，一谈就和我谈几点钟。罗膺中兄也显着老，而且极穷，但是也还给我包饺子，煮俄国菜汤吃。郑毅生，陈雪屏，冯友兰，冯至，陈梦家，沈从文，章川岛，段喆人，闻一多，萧涤非，彭啸咸，查良钊，徐旭生，钱端升诸先生都见到，或约我吃饭，或陪我游山逛景。这真是快乐的日子。在城中，我讲演了六次；虽然没有什么好听，听众倒还不少。在城中住腻，便同莘田下乡。提着小包，顺着河堤慢慢地走，风景既像江南，又非江南；有点像北方，又不完全像北方；使人快活，仿佛是置身于一种晴朗的梦境，江南与北方混在一起而还很调谐的，只有在梦中才会偶尔看到的境界。

在乡下，我写完了《大地龙蛇》剧本。这是受东方文化协会的委托，而始终未曾演出过的，不怎么高明的一本剧本。

认识一位新朋友——查阜西先生。这是个最爽直，热情，多才多艺的朋友。他听我有愿看看大理的意思，就马上决定陪我去。几天的工夫，他便交涉好，我们坐两部运货到畹汀的卡车的高等黄鱼。所谓高等黄鱼者，就是第一不要出钱，第二坐司机台，第三司机师倒还请我们吃酒吃烟——这当然不在协定之内，而是在路上他们自动这样做的。两位司机师都是北方人。在开车之前他们就请我们吃了一桌酒席！后来，有一位摔死在澜沧江上，我写了一篇小文悼念他。

到大理，我们没有停住，马上奔了喜洲镇去。大理没有什么可看的，不过有一条长街，许多卖大理石的铺子而已。它的城外，有苍山洱海，才是值得看的地方。到喜洲镇去的路上，左是高山，右是洱海，真是置身图画中。喜洲镇，虽然是个小镇子，却有宫殿似的建筑，小街左右都流着清清的活水。华中大学由武昌移到这里来，我又找到游泽丞教授。他和包漠庄教授，李何林教授，陪着我们游山泛水。这真是个美丽的地方，而且在赶集的时候，能看到许多夷民。

极高兴地玩了几天，吃了不知多少条鱼，喝了许多的酒，看了些古迹，并对学生们讲演了两三次，我们依依不舍地道谢告辞。在回程中，我们住在了下关等车。在等车之际，有好几位回教朋友来看我，因为他们演过《国家至上》。查阜西先生这回大显身手，居然借到了小汽车，一天便可以赶到昆明。

在昆明过了八月节，我飞回了重庆来。

十　写与游

这时候，我已移住白象街新蜀报馆。青年会被炸了一部分，宿舍已不再办。

夏天，我下乡，或去流荡；冬天便回到新蜀报馆，一面写文章，一面办理"文协"的事。"文协"也找到了新会所，在张家花园。

物价像发疯似的往上涨。文人们的生活都非常的困难。我们已不能时常在一处吃饭喝酒了，因为大家的口袋里都是空空的。"文协"呢有许多会员到桂林和香港去，人少钱少，也就显着冷落。可是，在重庆的几个人照常的热心办事，不肯叫它寂寞的死去。办事很困难，只要我们动一动，外边就有谣言，每每还遭受了打击。我们可是不灰心，也不抱怨。我们诸事谨慎，处处留神。为了抗战，我们甘心忍受一切的委屈。

我的身体也越来越坏，本来就贫血，又加上时常"打摆子"（川语，管疟疾叫打摆子），所以头晕病更加重了。

不过，头晕并没完全阻止了我的写作。只要能挣扎着起床，我便拿起笔来，等头晕得不能坐立，再把它放下。就是在这么挣扎着的情形下，八年中我写了：

鼓词，十来段。旧剧，四五出。话剧，八本。短篇小说，六七篇。长篇小说，三部。长诗，一部。此外还有许多篇杂文。

这点成绩，由质上量上说都没有什么了不起。不过，把病痛，困苦，与生活不安定，都加在里面，即使其中并无佳作，到底可以见出一点努力的痕迹来了。

书虽出了不少，而钱并没拿到几个。战前的著作大致情形是这样的：商务的三本（《老张的哲学》《赵子曰》《二马》），因沪馆与渝馆的失去联系，版税完全停付；直到三十二年才在渝重排。《骆驼祥子》《樱海集》《牛天赐传》《老牛破车》四书，因人间书屋已倒全无消息。到三十一年，我才把《骆驼祥子》交文化生活出版社重排。《牛天赐传》到最近才在渝出版。《樱海集》与《老牛破车》都无机会在渝付印。其余的书的情形大略与此相同，所以版税收入老那么似有若无。在抗战中写的东西呢，像鼓词，旧剧等，本是为宣传抗战而写的，自然根本没想到收入。话剧与鼓词，目的在学习，也谈不到生意经。只有小说能卖，可是因为学写别的体裁，小说未能大量生产，收入就不多。

不过，写作的成绩虽不好，收入也虽欠佳，可是我到底学习了一点新的技巧与本事。这就"不虚此写"！一个文人本来不是商人，我又何必一定老死盯着钱呢？没有饿死，便是老天爷的保佑；若专算计金钱，而忘记了多学习，多尝试，则未免挂羊头而卖狗肉矣。我承认八年来的成绩欠佳，而不后悔我的努力学习。我承认不计较金钱，有点愚蠢，我可也高兴我肯这样愚蠢；天下的大事往往是愚人干出来的。

有许多去教书的机会，我都没肯去：一来是，我的书籍，存在了济南，已全部丢光；没有书自然没法教书。二来是，一去教书，势必就耽误了乱写，我不肯为一点固定的收入而随便搁下笔。笔是我的武器，我的资本，也是我的命。

三十一年夏天，我随冯先生去游灌县与青城山。

我真喜爱青城山。它的翠绿的颜色直到如今还印在我的脑中。三峡，剑门，华山，终南，祁连山我都看过了，它们都有它们的特点，都有它们的奇伟处，可是我觉得它们都不如青城。我是喜安静的人，所以特别喜欢青城的幽寂。

可惜，我没能到峨嵋去！四川真伟大，有多少奇山异水可看呀！一个人若能走遍了四川，也就够开眼的了！就是在重庆那么乱的山城里，它到底有许多青峰和两条清江可以作诗料呀！

我爱花，即使不能去看高山大川，我的案头一年四季总有一瓶鲜花给我一点安慰。梅，各色的梅；腊梅，各种的腊梅；杜鹃，茶花，水仙，菊和各种的花，都能在街头买到。看着花，我想象着那山腰水滨的美丽，便有些乐不思"离"蜀矣！

十一　在北碚

北碚是嘉陵江上的一个小镇子，离重庆有五十多公里，这原是个很平常的小镇市；但经卢作孚与卢子英先生们的经营，它变成了一个"试验区"。在抗战中，因有许多学校与机关迁到此处，它又成了文化区。此地出煤，在许多煤矿中，天府公司且有最新的设备与轻便铁路。原有的手工业是制造石器——石砚及磨石等——与挂面，现在又添上小的粉面厂与染织厂。

这里的学校是复旦大学，体育专科学校，戏剧专科学校，重庆师范，江苏省立医学院，兼善中学和勉仁中学等。迁来的机关有国立编译馆，礼乐馆，中工所，水利局，中山文化教育馆，儿童福利所，江苏医院，教育电影制片厂……。有了这么多的学校与机关，市面自然也就跟着繁荣起来。它有整洁的旅舍，相当大的饭馆，浴室和金店银行。它也有公园，体育场，戏馆，电灯和自来水。它已不是个小镇，而是个小城。它的市外还有北温泉公园，可供游览及游泳；有山，山上住着太虚大师与法尊法师，他们在缙云寺中设立了汉藏理学院，教育年青的和尚。

二十八、二十九两年，此地遭受了轰炸，炸去许多房屋，死了不少的人。可是随炸随修。它的市容修改得更整齐美丽了。这是个理想的住家的地方。具体而微的，凡是大都市应有的东西，它也都有。它有水路，旱路直通重庆，百货可以源源而来。它的安静与清洁又远非重庆可比。它还有自己的小小的报纸呢。

林语堂先生在这里买了一所小洋房。在他出国的时候，他把这所房交给老向先生与"文协"看管着。因此，一来这里有许多朋友，二来又有住处，我就常常来此玩玩。在复旦，有陈望道，陈子展，章靳以，马宗融，洪深，赵松庆，伍蠡甫，方令孺诸位先生；在编译馆，有李长之，梁实秋，隋树森，阎金锷，老向诸位先生；在礼乐馆，有杨仲子，杨荫浏，卢前，张充和诸位先生；此外还有许多河北的同乡；所以我喜欢来到此处。虽然他们都穷，但是轮流着每家吃一顿饭，还不至于教他们破产。

三十一年夏天，我又来到北碚，写长篇小说《火葬》，从这一年春天，空袭就很少了；即使偶尔有一次，北碚也有防空洞，而且不必像在重庆那样跑许多路。

哪知道，这样一来可就不再动了。十月初，我得了盲肠炎，这个病与疟疾，在抗战中的四川是最流行的；大家都吃平价米，里边有许多稗子与稻子。一不留神把它们咽下去，入了盲肠，便会出毛病。空袭又多，每每刚端起饭碗警报器响了；只好很快地抓着吞咽一碗饭或粥，顾不得细细地挑拣；于是盲肠炎就应运而生。

我入了江苏医院。外科主任刘玄三先生亲自动手。他是北方人，技术好，又有个热心肠。可是，他出了不少的汗。找了三个钟头才找到盲肠。我的胃有点下垂，盲肠挪了地方，倒仿佛怕受一刀之苦，而先藏躲起来似的。经过还算不错，只是外边的缝线稍粗（战时，器材缺乏），创口有点出水，所以多住了几天院。

我还没出院，家眷由北平逃到了重庆。只好教他们上北碚来。我还不能动。多亏史叔虎，李效庵两位先生——都是我的同学——设法给他们找车，他们算是连人带行李都来到北碚。

从这时起，我就不常到重庆去了。交通越来越困难，物价越来越高；进一次城就仿佛留一次洋似的那么费钱。除了"文协"有最要紧的事，我很少进城。

妻絮青在编译馆找了个小事，月间拿一石平价米，我照常写作，好歹地对付着过日子。

按说，为了家计，我应去找点事做。但是，一个闲散惯了的文人会做什么呢？不要说别的，假若在从武汉撤退的时候，我若只带二三百元（这并不十分难筹）的东西，然后一把捣一把地去经营，说不定我就会成为百万之富的人。有许多人，就是这样地发了财的。但是，一个人只有一个脑子，要写文章就顾不得做买卖，要做生意就不用写文章。脑子之外，还有志愿呢。我不能为了金钱而牺牲了写作的志愿。那么，去做公务人员吧？也不行！公务人员虽无发国难财之嫌，可是我坐不惯公事房。去教书呢，我也不甘心。教我放下毛笔，去拿粉笔，我不情愿。我宁可受苦，也不愿改行。往好里说，这是坚守自己的岗位；往坏里说，是文人本即废物。随便怎么说吧，我的老主意。

我戒了酒。在省钱而外，也是为了身体。酒，到此时才看明白，并不帮忙写作，而是使脑子昏乱迟钝。

我也戒烟。这却专为省钱。可是，戒了三个月，又吸上了。不行，没有香烟，简直活不下去！

既不常进城，我开始计划写一部百万字的长篇小说。一百万字，我想，能在两年中写完；假若每天能照准写一千五百字的话。三十三年元月，我开始写这长篇——就是《四世同堂》。

可是，头昏与疟疾时常来捣乱。到三十三年年底，我才只写了三十万字。这篇东西大概非三年写不完了。

北碚虽然比重庆清静，可是夏天也一样的热。我的卧室兼客厅兼书房的屋子，三面受阳光的照射，到夜半热气还不肯散，墙上还可以烤面包。我睡不好。睡眠不足，当然影响到头昏。屋中坐不住，只好到室外去，而室外的蚊子又大又多，扇不停挥，它们还会乘机而入，把疟虫注射在人身上。"打摆子"使贫血的人更加贫血。

三十三年这一年又是战局最黑暗的时候，中原，广西，我们屡败；敌人一直攻进了贵州。这使我忧虑，也极不放心由桂林逃出来的文友的安全。忧虑与关切也减低了我写作的效率。

十二　望北平

三十三年四月十六日，"文协"开年会。第二天，朋友们给我开了写作二十年纪念会，到会人很多，而且有朗诵，大鼓，武技，相声，魔术等游艺节目。有许多朋友给写了文章，并且送给我礼物。到大家叫我说话的时候，我已泣不成声。我感激大家对我的爱护，又痛心社会上对文人的冷淡，同时想到自己的年龄加长，而碌碌无成，不禁百感交集，无法说出话来。

这却给我以很大的鼓励。我知道我写作成绩并不怎么好；友人们的鼓励我，正像鼓励一个拉了二十年车的洋车夫，或辛苦了二十年的邮差，虽然成绩欠佳，可是始终尽责不懈。那么，为酬答友人的高情厚谊，我就该更坚定地守住岗位，专心一志地去写作，而且要写得更用心一些。我决定把《四世同堂》写下去。这部百万字的小说，即使在内容上没什么可取，我也必须把它写成，成为从事抗战文艺的一个较大的纪念品。

三十三年的战局很坏，我可是还天天写作。除了头昏不能起床，我总不肯偷懒。这一年，《四世同堂》得到三十万字。

三十四年，我的身体特别坏。年初，因为生了个小女娃娃，我睡得不甚好，又患头晕。春初，又打摆子。以前，头晕总在冬天。今年，夏天也犯了这病。秋间，患痔，拉痢。这些病痛时常使我放下笔。本想用两年的工夫把《四世同堂》写完，可是到三十四年年底，只写了三分之二。这简直不是写东西，而是玩命！

抗战胜利了，我进了一次城。按我的心意，"文协"既是抗敌协会，理当以抗战始，以胜利终。进城，我想结束结束会务，宣布解散。朋友们可是一致地不肯使它关门。他们都愿意把"抗敌"取消，成为永久的文艺协会。于是，大家开始筹备改组事宜，不久便得社会部的许可，发下许可证。

关于复员，我并不着急。一不营商，二不求官，我没有忙着走的必要。八年流浪，到处为家；反正到哪里，我也还是写作，干嘛去挤车挤船地受罪呢？我很想念家乡，这是当然的。
可是，我既没钱去买黑票，又没有衣锦还乡的光荣，那么就叫
北平先等一等我吧，写了一首"乡思"的七律，就拿它结束这
段"八方风雨"吧：

茫茫何处话桑麻？破碎山河破碎家；
一代文章千古事，余年心愿半庭花！
西风碧海珊瑚冷，北岳霜天羚角斜；
无限乡思秋日晚，夕阳白发待归鸦！

三十四年十二月二十八日于四川北碚

原载1946年4月4日至5月16日北平《新民报》

保卫大武汉的先决条件

邹韬奋

　　我们在以前都听过"保卫大上海"的呼声，但是后来"大上海"终于陷落了；我们在以前也都听过"保卫大南京"的呼声，但是后来"大南京"也终于陷落了。也许有人要觉得"保卫什么地方"的呼声，简直是什么地方要陷落的丧钟，因为这个名词的信用似乎已经破产的了，但是我们却不能因为以前的"保卫"不能达到目的，就认为我们便没有保卫其余国土的必要；我们要保卫祖宗所遗传下来的具有五千年历史的祖国，我们还是要提到"保卫"这两个字。我们在这里所注意的是要深刻地研究以前的"保卫"何以不能达到目的，要很坦白地寻出他的原因来，迅速补救，这才是正当的办法。

　　所以我们提及"保卫大武汉"，首先要注意"保卫大武汉"的先决条件。也许有人觉得讲到"保卫大武汉"，当然军事高于一切，并不要多所研究的。记者以为，倘若所谓军事高于一切，是说一切要以保障军事胜利为中心，那么政治动员、民众动员也都是以争取军事胜利为前提，这句话我们是可以接受的。倘若所谓军事高于一切，是说除了单纯的军事以外，一切都不必做工夫，那么这句话我们是不敢苟同的。铁一般的事实所表示，北战场的失败，西战场的失败，以及后来东战场的失败，都不是完全由于军事上单纯的失败，大部分却是由于政治的失败（虽则军事本身还有问题）。现在讲到"保卫大武汉"，前车之鉴，这一点还是值得我们严重的注意的。

关于军事的区域，要保卫大武汉，我们的眼光不应该仅仅地拘限于武汉的本身，因为真要保卫武汉，一方面要在徐州、郑州支撑得住，另一方面要在合肥、信阳支撑得住，但是真要支撑得住，一方面固然需要正规军做正面的抵挡，同时也需要大规模的游击队在敌人后方拉后腿。这样前挡后拉，才能达到支撑的目的。近来有人说要保卫武汉，先要保卫河南，这是谁也不能否认的；不过真要保卫河南，也不是单纯的军事所能为力，必须把河南全省动员起来，必须把河南民间藏有数十万支枪的民众，武装组织起来，同时必须把河南全省民众在政治意识上动员起来。扼要地说起来，不但需要军事的动员，同时并且需要政治的动员。一切动员都以保证军事胜利为中心，这才真是军事高于一切。曲解军事高于一切的口号，用来消灭其他种种与军事胜利有密切连系的工作，反而使军事的胜利没有了把握，这决不是为国家爱护军事力量的真义。

武汉今日在实际上是中华民国的政治中心，保卫武汉的必要是用不着多所说明的，我们所要严重注意的是保卫大武汉的先决条件。要保卫武汉，一方面要保卫河南，一方面要保卫安徽，这都不是仅仅军事的动员而没有政治的动员所能做到的，上面已经略为说过了。再想到武汉所在地的湖北以及贴邻的湖南，这两省的整个民众是否已经为了保卫大武汉，而在政治上动员起来，与军事上的动员配合联系，共同为保卫全国的政治中心而奋斗？这个先决条件，实在值得大家的深刻的注意。

原载 1938 年 1 月 13 日汉口《抗战》三日刊第 36 号

关于保卫大武汉

邹韬奋

关于保卫大武汉的问题，各方面讨论的很多，在报纸刊物上发表的也不少，这当然是因为这个问题，在我国第三期抗战中实占着一个非常重要的位置，所以吸引着许多人的注意。

最近有些人对于"保卫大武汉"这个名词，发生怀疑；他们认为我们所该保卫者是整个的中国，我们的目的是要收复一切失地，难道整个中国不要保卫而只要保卫大武汉吗？难道其他失地无须收复而只须保卫大武汉吗？他们因为有着这样的疑问，甚至觉得关于怎样保卫大武汉的办法也不值得提出来，这种误解在事实上对于争取第三期抗战的胜利是不无影响的，所以有迅速纠正的必要。

很显然的，保卫大武汉是保卫整个中国的一个很重要的部分，对于保卫整个中国只有相成而不相反，保卫大武汉只是郑重提出保卫整个中国的一件极重要的工作，尤其是在日寇用全力来夺取武汉的紧急时期，保卫大武汉绝对不含有不必保卫整个中国的意思。这一点明白之后，保卫大武汉也绝对不含有不必收复其他失地的意思，自可不待烦言而涣然冰释了。

无论在那一个时期，我们必须在整个过程中特别着重于某一件或某几件的特殊重要的工作，在某特殊时期中特别注意于某一件或某几件的特殊重要的工作，并不是取消整个过程，也不致妨碍整个过程，而且是在整个过程中，为着求得实际效果所必要的步骤。

"保卫大武汉"并不是一个名词的问题，我们必须对于保卫大武汉有彻底明了的和深刻的认识，然后才能根据切实计划，共同努力于实际的工作，争取实际的效果。

有人说武汉在目前虽是我国的政治经济文化中心，可是在其他地方也都可建成政治经济文化中心，并不限于武汉。这句话固然有它的一部分的真理，例如南京上海等重要地点，原来也是我国的政治及经济文化的中心，陷落之后，取而代之者还有武汉。但是这种中心不是绝对无须客观的条件的，而且在各地的客观条件还有优劣的比较而不是完全相同的。所以我们对于具有可以做这种中心的客观条件的据点，或客观条件比较特优的地点，还是要用全力保卫的。

保卫大武汉的目的并不仅大武汉的本身，这意义是很显然的；在别一方面，所谓用全力保卫大武汉，全力两字的意义，还有两点值得我们的注意。第一，就武汉说，所谓全力，并不仅是关于武汉的军事上的布置，同时也联系到整个大武汉的全部动员。抗战整整一年了，而在武汉的所谓农工商学文化等等团体还未健全的组织起来，有的简直是根本未曾开始组织，这是很大的憾事，最近虽有发动的倾向，我们希望在最短时期内能有迅速的发展与切实的执行。第二，用全力保卫武汉，所谓全力，不但是指大武汉的整个动员，而且是指各战区的整个动员，进行各战线的反攻，是指与大武汉相毗连的各广大区域的整个动员，是指要迅速把敌人的后方（即沦陷区域）变为前线。

我们如真能用全力保卫大武汉，大武汉是可以保卫的！

原载 1938 年 7 月 9 日汉口《全民抗战》三日刊第 2 号

由武汉出发

邹韬奋

　　记者于九月十八日晚和沈衡山（钧儒）、范长江、王炳南诸先生由武汉出发。我们这次目的是要赴南岸德安一带慰劳前方战士，记者一方面偕同上述诸先生代表武汉文化界一部分朋友，一方面代表生活书店和全民抗战社。所带慰劳品有：一、金鸡纳霜；二、药特灵；三、红药水；四、毛巾；五、纱布；六、药棉；七、世界知识等杂志以及当天武汉出版的四大日报。第一种药医疟疾，第二种药医痢疾，因为据调查所得，前方战士最多患这两种疾病，需要这两种药品很迫切。红药水是准备轻伤用的。关于前方所需要的读物，最注意的是日报和分析国内外大势的刊物，所以我们带了汉口的几种重要的日报和杂志。同时有汉口银行界派的赵汪两君，带有二千个慰劳袋和我们同行。

　　我们的路程是要经过长沙和南昌，在武汉和长沙途中，火车到岳阳车站时，停了好些时候，我们下车去看看，看见几个伤兵正在苦楚为难的时候。其中有一个伤兵两脚都受伤，左脚全是血淋淋，缩着不能动，右脚伤略轻，但因无人照料，仍只得靠着一根棍子和右脚，忍痛一拐一拐地走着拖着。有两个偶然经过的军人服务部女同志正在替他们想法，但是也一筹莫展。据说离此地数里有伤兵医院两个，而担架却只有一个！医院因事多人少，就是这一个担架也顾不到此时的需要。因此这几个伤兵如要到离此数里的伤兵医院里去，只有拖着受伤的身体，忍痛再挨过几里的途程！我们实在看得不忍，问后才知道有人力车可乘，便捐了一点车费，招呼他们乘车前往伤兵医院，这几个伤兵称谢不已，其实我们民众对于为国家奋斗的英勇战士实在亏待了他们，听到他们的诚恳称谢，反而增加了惭愧。

这两位军人服务部的女同志说，她们在后方医院里忙得不可开交，深深感觉到救护伤兵的工作实在做得太不够。又说前一天在这同车站上有三四百伤兵到，也无人照料，其中有饿了三四日的，自前线受伤忍痛跑到后方，肚子饿得难过，又没有分文可以购买食物，刚乡民在站上售卖蕃薯，有个伤兵不自禁地向他买了一块，但却付不出钱，因此两方争吵着打起架来，闹做一团，这样一来，就是有一二售卖零食的乡民，也望望然去之，不敢再接近了。这不能怪靠着售卖零食谋生活的乡民，更不能怪为国受伤而还要忍痛挨饿的武装同胞，问题是在为什么在岳阳这样一个大城镇，对于救护伤兵——稍有组织的民众工作中应有的一部分——竟致这样没有办法？这种现象应能唤起负责动员民众者的深切的反省。

我们的火车因中途停顿的时候很多，所以直至十九日晚一点钟才到长沙，大雨未停，雇得一辆车子先把物品装上，六十五岁的沈老先生也偕同大家飞步地往前走，找过好几家旅馆，才找到一家有两个房间。时已两点多钟，大家一拥而入，分别睡下，一夜和蚊虫臭虫大作斗争，劈拍之声不绝于耳，天亮未久，蚊虫稍稍撤退，而房外的帐房先生和他的一位朋友却提高嗓子大谈其天，长江先生屡次急叫不生效力，大呼非写一篇"特写"不可！

廿七，九，二十日晨，长沙

原载1938年10月3日汉口《全民抗战》三日刊第27号

广州武汉失陷以后怎样

邹韬奋

广州的失陷和武汉的撤兵，情形不同，原不能相提并论，因武汉是在外围激战五个月以后，消耗敌人的力量很大，而且是受着广州失陷的影响而转移阵地，广州却是在十天以内陷落，而且没有经过激战；虽有人说广州因兵力空虚而临时不得不退，但是广东当局在十五个月以来的较长的时间，如真有彻底动员民众的工作，以广东的人力财力，以华侨同胞的热烈爱护乡邦，以革命发源地的民众特性，以民间有着百万以上枪支的武装潜力，兵员和武装的补充与加强不是不可能的，所以广州的撤兵尽管有人说是出于不得已，而造成这种不得已的形势是责有攸归的。

广州与武汉虽同是失地，可是一则符合消耗战持久战的战略，一则违反消耗战持久战的战略，这一点是需要我们严正指出的，但无论如何，经此两个重要地点的剧变后，全国同胞都一致引起了这个急待解答的问题：广州武汉失陷以后怎样？

第一，我们的抗战既是民族生死存亡之争，既是因为不愿做奴隶而拼命，无论如何艰苦，除到了民族可以独立解放，同胞不至被敌人逼迫屈膝做奴隶的时候，我们除了继续坚持抗战之外，没有第二条生路可走。所以我们可以确信的是广州武汉失陷以后，我们还是要坚持抗战，绝对没有丝毫迟疑的余地。

第二，我们抗战胜利的基本条件是全国精诚团结，一致在坚决领导全国抗战的国民政府和最高领袖领导之下，百折不回地努力奋斗。中国能以整个民族的力量对暴敌日本帝国主义作殊死战，必能转败为胜，转危为安；中国的整个力量如被分化，那就必然要堕入深渊，永劫不复。我们彻底认清了这一点，尤其是在这样危急重要关头，我们要彻底认清这一点，那么我们希望在广州武汉失陷以后，各党派都能更精诚团结，极力避免国内的任何摩擦，大家更能聚精会神地立在一条战线上，对付唯一的共同敌人日本帝国主义的残酷侵略。同时我们深信无论敌人和他的走狗们怎样挑拨离间，我们对于坚决领导全国抗战的国民政府和最高领袖，还是要始终竭诚拥护，患难相共的。

第三，半殖民地的民族解放战争的胜利，不能仅靠单纯的军事，同时必须注重政治的彻底改善与全国人力物力的彻底动员，真能实现"全国抗战"和"全民抗战"。十五个月抗战以来，军事方面在事实上表现着越打越强的进步（当然有极少数的例外，但不能因此抹煞整个的趋势），但政治的改善与民众的动员还是远赶不上军事的需要。而且因为军事上的迫切需要，而更暴露了政治与民运方面的许多缺憾。例如积极的抗战需要大量兵员的补充，民众多方面的协助，但是因为政治的积弊未除，保甲制度的未改善，土劣的作梗与压迫，人民生活的无从改善，民众运动的无从开展，后方和前方未能完全打成一片，军和民不能完全打成一片。我们到战区去视察所得最深刻的印象，也莫过于前后方脱节和军民脱节的可痛的现象。最近有一位朋友在上次大战时曾在欧美视察，他慨叹说外国在打仗时，前方战士的享受比后方丰厚，我们在抗战时却反其道而行之，生活最苦者反而是为国拼命的前线战士！我们要改变这种可痛的现象，非在政治及民众动员方面力求改进不可。我们希望国民参政会在这方面有更大的努力，也希望政府和全国同胞在这方面有更大的努力。

原载1938年10月30日重庆《全民抗战》五日刊第33号

如何对待传统剧目

——在武汉文艺界举行的临别座谈会上的发言

梅兰芳

　　我国古典戏剧的演出方式，大约不出三种：一种是每场演出几个单折戏，一种是每场只演一个从头到尾的故事戏，还有一种就是连台本戏。这些演出方式都应该以剧本主题、表演艺术为主，服装、布景、道具、装置等应该在烘托剧情而在不妨碍表演的原则下来进行设计。如果专从离奇怪诞、脱离实际的方法来号召观众，结果是站不住脚的。

　　我们从事戏剧工作的人，最重要的资本就是艺术，要知道人是会老的，艺术是不老的。因此我联想到各地刮起来的连台本戏一阵风，我们的青年演员千万不能认为连台本戏有叫座能力，就发生一种依赖思想，因而忽略了艺术的锻炼和进修，错过了向传统艺术学习的机会。同时希望主持排演连台本戏的同志们要尊重演员的表演艺术，不能依靠商业化的噱头号召观众。我过去看见连台本戏的全盛时代，也看到它衰落下去。现在的观众与过去不同了，如果没有真东西给观众欣赏咀嚼，那么这阵风就会刮过去的。

　　我们的艺术，必须货真价实，颠扑不破，才能流传永久，像《西厢记》《琵琶记》《拜月记》《白兔记》《牡丹亭》《白蛇传》等许多传奇名作，有的已经演了几百年，至今还在上演，而且还有观众。又如以《三国演义》《水浒传》等小说为题材的许多好戏，至今也仍然受到群众的普遍欢迎。另外各剧种还拥有数量不小，具有代表性的保留节目，这些都是祖先们给我们留下的遗产，我们必须好好地继承下来，使它发扬光大。但我们还必须要有新的创作。同时在发掘，整理，改编工作中大家要集中力量来共同创造，也给下一代留下些像样的东西。

原载1957年3月1日《文汇报》第2版

谈汉剧《二度梅》

梅兰芳

　　汉剧是历史悠久、传统深厚的老剧种，武汉市汉剧团这次来北京汇报演出，带来了许多好戏，这些好戏并且由好角色来表演，看了是能够使观众满意的。

　　今年春间我在武汉市演出时，汉剧团的同志们曾经和我谈起挖掘、整理《二度梅》的计划，他们是在剧目工作会议以后就进行了这个整理工作。从前汉剧所演的全部《二度梅》，要用两三个晚会的时间才能演完，其中有不少场子只是铺叙故事，感到拖沓冗长，事实上最受观众欢迎的只有《骂相》《重台》（一作《丛台》）《舍岩》《落园》《失钗》等单折戏。现在汉剧团演出的全部《二度梅》，即以上述五折贯串而成，另外还有一折精彩的《渔舟配》，是叙述陈杏元之弟陈春生另一段姻缘遇合，但与陈杏元、梅良玉这一主要线索无关，所以未列入全部《二度梅》之内，正像老本《十五贯》当中精彩的两折《男监》《女监》在整理、改编的剧本内不得不割爱删掉而仍可使其独立存在一样。我当时很同意他们的做法，我告诉他们，《二度梅》的剧目，在京剧里我幼年只演过《落花园》，同时我看过几位前辈如陈德霖先生等演的也是《落花园》。据我的朋友告诉我，京剧也有全本《二度梅》的剧本，其中也包括《骂相》《重台》《落花园》《失金钗》……，并且也有一出《渔舟配》，与汉剧大致相同，可是这个剧本我没有看到，而这些剧目的演出也没有看到。因此，提不出什么具体的意见。

当时陈伯华同志对我说，汉剧里的《骂相》《重台》《落花园》，都是唱工戏。《骂相》是西皮垛子（快三眼），《重台》出场是西皮慢板，《赠钗》一段是西皮垛子，《重台》这一折戏从前要演一个半钟头，现在压缩为一小时，《落花园》前面是反二簧，后面改西皮八扇屏。八扇屏就是八句不同的唱腔，又叫作九腔十八板，很复杂，不容易唱，她正在向老先生们钻研这些唱腔。

我对她说，京剧《落花园》的场子和板调基本上与汉调差不多，京剧也是先唱反二簧，后改西皮，是青衣正工戏，没有嗓子是无法见长的。你的嗓子唱这种戏非常对工，不过唱腔要尽量从汉剧传统的基础上来加工，前辈留下的好东西，要很珍贵地继承下来，加以发展。我们在武汉分手以后，听说汉剧《二度梅》在各地都受到欢迎，可以想到，汉剧团对挖掘、整理传统剧目的工作态度，是审慎而仔细的，因此能够得到群众的喜爱。也就是因为这样，所以我把《二度梅》这个戏首先谈一下，作为向北京观众的介绍。

还有这次同来的名演员们都有每个人的拿手好戏，如：生行胡桂林、周天栋两同志的《未央宫》《烹蒯彻》《乔府求计》《兴汉图》等戏，丑角李罗克同志的《广平府》《下山》《花鼓》等戏，都是脍炙人口的，这里就不细谈了。

原载1957年6月29日《人民日报》第8版

从甲午战争到辛亥革命的回忆
——武昌起义

吴玉章

当时的传闻倒也不是假的。传闻中所说的湖北造反就是革命党人于十月十日发动的武昌起义，那个姓黎的都督便是黎元洪。

武昌起义的爆发并不是偶然的。它一方面是全国革命形势发展的结果，而四川沸腾的铁路风潮和带有全民性的武装起义更是促使武昌起义爆发的最重要的因素；另一方面它又是两湖革命党人长期艰苦工作的结果，而革命党人在新军中的有效活动又是武昌起义能够取得胜利的最重要的原因。

早在一九〇四年，武汉就出现了科学补习所和日知会等革命团体。日知会的会员分布在湘、鄂两省，同盟会成立后，他们纷纷加入，因此，后来日知会差不多成了同盟会的分支机构。萍、浏、醴起义时，日知会曾经图谋响应。一九〇六年，日知会遭到破坏，刘静庵（敬安）、胡瑛、季雨霖、李亚东、张难先等被捕入狱。一九〇八年七月，革命党人在武昌拟组织军队同盟会未成。七月，杨王鹏等人发起在新军中组织群治学社，并刊行《商务报》，积极鼓吹革命。一九一〇年，群治学社拟乘长沙的抢米风潮举行起义，引起了湖广总督瑞澂的注意，遂改名为振武学社，表面上宣称讲求武学，暗地里从事革命活动，扩大革命组织。一九一一年初，因遭受挫折，又改名为文学社，以研究文学作掩护，而积极地在新军士兵中发展革命组织。同时发行《大江报》，从事革命宣传。文学社的主要分子为蒋翊武、詹大悲、杨王鹏、刘复基等，社员至一九一一年七月，已有五千多人。当时湖北的新军共计不过一万六千人左右，而文学社员却占了这么大的数量，可见作为清朝反动政府支柱的新军，已经随着革命运动的发展，由于革命党人的工作，而一步步地革命化了。此外，共进会在两湖地区也拥有一定的力量，这时湖北的孙武和湖南的焦达峰等，正在共进会的名义下，积极从事联络会党的工作。一九一一年夏，中部同盟会在上海成立后，极力策动共进会和文学社合作。经过多次协商，这两个群众基础较好的革命团体终于联合成功。八月，它们鉴于四川的铁路风潮已开始发展为武装起义，感到革命的时机已经成熟，便共同组织了一个领导机构，准备大举起义。起义的临时总司令部设在武昌小朝街八十五号，由蒋翊武任总指挥，孙武任参谋长。

九月初，清朝反动政府被四川人民的革命斗争吓坏了，连忙派端方从湖北调一部分新军入川镇压，湖广总督瑞澂知道新军中潜伏着大批革命党人，所以新军调走，他非常高兴。但革命党人却恐新军分散，于革命不利，因而急谋迅速举事。九月二十四日，革命党人举行会议，决定在中秋节（阳历十月六日）发动起义。此后，武汉的街头巷尾，到处都传遍了中秋节杀鞑子的故事，风声越来越紧。这时，瑞澂才感到军队调走，防务空虚，恰好给革命党人造成了良好的机会，给自己带来了无穷的困难，不仅从前的高兴化为乌有，而且吓得心神不安，坐卧不宁，竟自把行辕设在兵舰上，每天偷偷地到那里去睡觉。

由于准备工作没有做好，原定的起义日期被推迟了十天。谁知十月九日（阴历八月十八）的上午，孙武等在汉口俄租界宝善里制造炸弹的时候，不慎失事，孙武头部受伤，机关遭到破坏，所有起义的旗帜、符号、文告、印信均被搜去。因为起义计划暴露，怕迟延遭到损失，蒋翊武便以总司令的名义发出紧急命令，决定当晚午夜起义。这一命令还没有完全传达下去，武昌小朝街的起义总部和其他许多机关，都又遭到破坏，起义的领导人员大批被捕，蒋翊武乘机逃走。这天晚上，瑞澂一方面残酷地杀害了被捕的起义领袖彭楚藩、刘复基、杨宏胜三人，一方面禁闭城门、封锁营门，根据所获名册到处搜索起义分子，弄得满城风雨，空气十分紧张。一时人心惶惶，谣言四起，不但革命分子人人自危，就是与革命党人稍微接近的人，也都惴惴不安，大家都感到与其坐以待毙，不如起而斗争。

十月十日（阴历八月十九），瑞澂根据名册继续大索革命党人，并扬言要把革命党人斩草除根。这样一来，武汉三镇完全陷入恐怖的气氛中。至此，新军中的一些革命分子便决心起来反抗，以图死里求生。当晚七时，住在武昌城内的新军第八镇工程第八营后队，其中的革命党人熊秉坤、金兆龙等正欲行动，被排长陶启胜发觉。陶命左右绑金，金大呼"同志动手"，全队士兵齐声响应。反动军官或被击毙，或闻风逃，起义士兵四十余人，在熊秉坤的率领下，一直向楚望台军械局进攻。当夜在楚望台防守的工程营左队士兵，也纷纷起来响应起义，于是军械局遂被起义军占领。这时武昌城各处革命党人听见枪声，也纷纷起义，并不断奔赴楚望台。经过大家计议，决定进攻督署，捕杀瑞澂。但因部队纷乱，缺乏指挥，进攻不克。这时，起义的士兵越来越多，起义的范围越来越大，熊秉坤感到指挥困难。恰好这时有一个士兵把工程营左队队官吴兆麟找到了。吴是在楚望台士兵响应起义时乘隙逃跑的。由于他平日在士兵中还有一些信仰，所以现在被大家推为临时总指挥。吴当即根据情况，提出作战方针，同时又申明纪律，重新发动对督署的进攻。瑞澂在猛烈的进攻下，破墙而出，逃上兵舰。其余清朝官员，也都在起义的枪声中逃得干干净净。至十一日上午，武昌遂为起义军完全占领。

起义取得了初步的胜利，但由谁来负责领导呢？当时在起义军方面，从前的领导人员或则被捕，或则逃亡，正是群龙无首。他们在吴兆麟等人的建议下，把从前的新军协统黎元洪找出来做了都督，把从前的谘议局议长汤化龙找出来做了民政总长。汤化龙是一个著名的立宪党人，根本就不赞成革命。至于黎元洪，不但从前残杀过许多革命党人，就在起义那天晚上，他还手刃了一个送信的革命士兵，后来见起义势盛，才逃匿在他手下的一个幕友家里。当吴兆麟派人去请他的时候，他吓得浑身发抖。他见了吴兆麟，不但不肯拥护起义，反而责问吴为什么造反。以后大家把他拥为都督，他还是不敢在安民布告上签字。后来别人强迫把他的辫子剪了，他还为那条奴隶的标志哭了一场。等到汉阳、汉口光复，一直等到十月十七日，驻汉口的各国领事都宣告"中立"以后，黎元洪才宣布就任都督的职务。武昌起义的结果既然是由黎元洪、汤化龙这样的人物出来当权，那么，它以后逐步走上和反动势力妥协的道路，就丝毫也不奇怪了。

随着武昌起义的胜利，各省也纷纷响应，宣告独立。清朝政府二百余年的反动统治，很快就陷于土崩瓦解的状态中。但是，各省的情况也和武汉相差不多，革命的果实没有落在人民的手中，而是被一些军阀官僚和立宪党人篡夺去了。

选自《吴玉章回忆录》，中国青年出版社1978年11月版

少年应该抱的基本态度是什么？

胡 适

　　兄弟来到武汉，因为交通的不便，未能和诸君很早地见面，抱歉得很！这几天，话说得太多，嗓子有些哑了。现在提出一个问题，向诸君讨论。就是："少年人应该抱的基本态度是什么？"简单地说，就是我们的人生观，究竟是为人，还是为己？孔子说："古之学者为己，今之学者为人。"当时人都不注意这两句话。后来，王安石作了一篇论杨墨的文章，我们知道杨是杨朱，墨是墨翟，杨朱是主张为我的，墨翟是主张兼爱的。杨朱说："拔一毛而利天下，不为也。"墨翟说："摩顶放踵利天下，为之。"在这两种极端相反的论调下，王荆公为甚要论它呢？这就是因为王荆公觉得这两种主张都是对的，而给它掺和起来，很明白地说："古之君子为己，为己有余，而后不可以不为人。"这里所说的"为己"，就是把自己这个人做得像个人样子，然后才去为人。这虽是些老话，我却以为很有道理。

　　我们曾在北方提倡过一种健全的人生观，所谓健全的人生观，就是要将个人本身治好，再去为人。在易卜生（Ibsen）作的《娜拉》戏剧里，描写一个女子——娜拉夫人，她做了良妻、贤母、孝女后，便离开家庭，飘然而去。临走的时候，对她的丈夫说："我以前替人做了许多的事，今后我要去尽自己的责任了。"这就是说，一个人的自己责任未尽，终久是要感到不安的。又在易卜生的《国民公敌》戏剧里，描写一个医生斯铎曼，从前发现本地的水可以疗疾治病，人们听了他的话，便造了几处浴池，大图其利。后来往此避暑养病的人日多，因之商业就特别兴隆起来。不料时日未久，洗浴的人忽然发生一种流行症，经了这位医生详细诊断，才知道浴池里边生有传染病的微生物。他鉴于浴水有碍公众卫生，便想公开地告诉大家，以重人道，而扬真理，但是当地的人不以为信，群起反对。后来他虽用了毕生之力，开了一次公民大会，可是会场上的人不但不能听他的忠告，反而全体一致宣布斯铎曼医生是公民的公敌。当他逃出会场的时候，把裤子都扯破了。他家的窗户，也被众人用石头掷碎。从此他便成为一个独立主义者。十年以后，社会的多数人，大概会觉得斯铎曼医生在开公民大会时的见地是对的了。在这十年之间，斯铎曼自己时刻努力前进，所以到了十年之后，他的见地比社会的多数人还高十倍。这就是个人主义的好结果、独立精神的好榜样。

从前我们主张文学革命，是注意这种健全的个人主义人生观，便是要提高个人的人格、增长个人的技能……但是，我们是失败了。因为一般人都是走了两条歧路：一为享乐的自私自利的，专门讲究奢侈，升官发财，这当然是我们反对的；一为盲目地牺牲的，一味供人利用，毫无主张，这当然也是我们反对的。我们要为人，先要为己，就是孔子说的："修己以安人。"同时，易卜生说："你的责任，就是要把你这块材料铸成个东西。"我们都在二三十岁的时候，应该将我们这块材料铸成一个有用的东西才对。所以我们希望诸君来提倡新的人生观，这并不是社会运动，也不是文化革命，只是要将个人治好而后去治人。

　　本文是胡适在武昌中华大学的讲演稿，原载1932年12月10日《中华周刊》第430号

新生活运动的过去与未来

阎宝航

我此次因公来到武汉，觉得此地新运（即新生活运动）成绩颇有可观，尤其是在参观贵校以后，觉得贵校校舍虽形狭隘，然规矩、清洁四字，颇能做到。这委实是很好的现象。兹将过去新运之情形及未来新运之方案，略为诸君报告一下：新运自去年二月十九日经委员长在南昌发起后，当时颇引起一般人之不满，并唱出许多反对的论调。渠等谓新生活运动未免失于琐细，如纽扣须扣好，走路靠左边，单从此琐细事件做工夫，安能解除当前急切之国难？况吾人生于今日，生活既感觉不易，又何暇讲新生活呢？此等言论，骤闻之或似有理，殊不知所谓琐细事项，纯系一种初步训练，譬如学习军训，必须从基本动作立正稍息做起，然后方可养成服从一致、沉毅勇敢之精神。至所谓生活艰难之言，尤属似是而非。不知新运可以使吾人革除过去生活之不良习惯，同时使吾人生活纳于正轨，并趋于新的方向。此实为今日图存救亡之唯一良法，我们万万不能否认的。

关于过去新运成绩及未来新运方案，亦可分别在此处简略报告一下。过去新运成绩可分为两方面来讲：

（一）组织方面：新运之产生为时虽仅一年，然其发展实足惊人。省市新运之组织，除江西外，共有十八省三市。在全国一千九百余县单位中，已有八百县有新运会之组织，此外尚有十二铁路亦皆组织完全。现正发起的航轮新运不久当可实行。至国外方面，日本大阪、神户等地及南洋华侨亦均有新运组织。

（二）工作方面：一年来之新运工作，专注在规矩、清洁两项，从码头或大街上便可看到此种成绩之表现；其次在官厅及民间之应酬减少，亦为一不可磨灭之事实。不过此仅就其表面言之，至其无形之成就更足令人注意。因为自有新运以后，便使人人心目中皆有向上向前的倾向。

以上所讲，乃过去新运之成绩，现在再讲未来新运之方案，仍分为组织与工作两方面来讲：

（一）组织方面：吾人应知任何团体组织，皆需要健全，若使新运会变成衙门官署，本身便不算健全。本身既不健全，又安能领导民众？故今后我们应注意新运组织的健全，至其他未有组织各县，亦应使其自动组织起来。因为下层组织不健全，上层必不能坚固。

（二）工作方面：为继续保存过去工作之成绩起见，现规定各地每月举行两次检阅。凡各机关、各团体、各学校都应加以检阅。同时更组织劳动服务团来推行军事、生产、艺术三化方案。三化方案系委员长所手订。所谓军事化者，非要人人去当士兵，乃在使大家有军事化之精神，有军事化之纪律与组织；所谓生产化者，非要人人去做农工，乃在使大家知道节省，尊重农工，而养成于生产有益之习惯；所谓艺术化者，非要人人去做雕刻图画，乃在使大家之生活优美高尚而已。

此外尚有重要的一点，即劳动服务团之组织。是应以工作为原则，并应实事求是，否则名存实亡，不如无之。吾人参加此种团体，须要自动地去参加，实行到民间去，帮助他们，使他们做未来之主人翁，使他们自己能管理自己。吾人应与民众打成一片，大家合作，然后方可谈到对外。

抑有进者，吾人参加劳动服务团，不仅是帮助他人，并且应该管理自己、训练自己。而从中更可认识社会、研究社会。近如汉口旅馆营业冷淡一事，吾人应知其先前之繁荣纯为一种病态的现象，因其仅使少数人沾益而危害于大多数人，甚至可说是危害国家、危害民族，况此事更有关政府威信、长官命令。诸君对此应表示态度，应加以切实研究。其他如娼妓是否可以禁止诸问题，更须待吾人去解答。

吾人看到社会症结，应以同情心与热心肠来感应人民，而不可引起人民反感。例如兄弟有一次渡江时，忽有一妇女失足落水，而轮船中人竟不之顾，乘客亦只袖手旁观，眼见此人被惊涛骇浪吞没。吾人将此问题来研究一下，可知如此惨剧之发生，当局便应负完全责任。为何轮渡每天有几千元之收入，而对救险设备竟若是毫不注意？而人民为什么也淡然置之不顾？倘劳动服务团员遇着此事，又安可漠视？

上述诸语，兄弟完全是据实报告，并非故放高论。总之：新运如树木然，要吾辈青年用血灌注，用汗栽培，然后方可使其开花结果。

本文是阎宝航于1935年5月23日在武昌中华大学的讲演稿，原载1935年《新生活运动促进总会会刊》第22期

湖北在文化史上之地位及其将来之责任

梁启超

诸君，我是戊戌以前到过武昌一次，住了十天的。记得当时是张文襄（之洞）督鄂，敝同乡梁节安（鼎芬）主持湖北学政，开办两湖学院，想我担任一二门功课，可惜当时在湖南办时务学堂，无机会到湖北来与湖北教育界接近。今过了二十多年后，居然到这武大（即武昌中华大学）暑期学校，以极短的时间而补从前的缺憾，我实在高兴得很。今天所讲的题目，就是"湖北在文化史上之地位及其将来之责任"。这个题目，如果细细讲来，像背诵历史的方法，一代一代地去背诵，那就费时太多，今天只能就其重要的讲讲。

中国文化的发展，不是一元的，是二元的，一黄河，一长江，将来或者别有一方面发展，是另一问题，唯就已经过去的历史看来，确是如此。中国文化，北方刚健笃实，南方优美活泼，代表两方文化的，在北方有河南、山东，在南方有湖北、江苏。但江苏是后起的，湖北居长江中心，完全是自己产生的，江苏不过受湖北影响罢了。湖北不独能代表长江文化，并能沟通黄河文化。如山东、河南，只能代表北方文化，不能传播南方文化与北方。湖北则容纳黄河文化，而传播于长江一带，一面自己产生文化，一面又为文化的媒介者，因其沟通南北，能令二元文化调和。在历史上看来，不能不说湖北所贡献及遗留的功劳是最大。

第一个时代，在商周之际，中国文化虽完全以黄河为中心，而是已被于江汉，二南之诗即可以证明。唯那时居于媒介地位，感受黄河文化最快，而消化力也最大。第二个时代，为春秋楚国，自长江上游渐次徙都到武昌（楚当全盛时代，确在武昌，不在别处），试看春秋战国之际楚国发生的文明，雄奇优美，种种与北方不同，是为楚全盛时代。第三个时代，三国六朝，割据一方，我们看起来，好好的一个国家，四分五裂，好像是一种不好的现象。其实拿历史的眼光来看，能将本地的特质尽量发展出来，而又吸引外来的文化进来，分而合，合而分，这种事情，正于文化上有莫大的影响。然而我们过细考查起来，那时的中心点，确实在武昌。因为孙吴建都，先到武昌，后来六朝时代，五胡异族，起于中原，北方文化，也都移到湖北，南方文化，从此交换一回。如一些冰水合于一壶，到沸点时候，就沸腾起来，其原动力皆在武昌。统观三时代，前后两千余年，湖北为中国文化枢纽，在文化史，实居重要的地位。

再就湖北的人物说说。（一）老庄。他的籍贯其费思考，有的说是湖北，有的说是河南、安徽，然而他的学说发源地实在楚国。像老庄这种哲学思想，不独在中国最有价值，即在世界也很有价值，无论其是否湖北人，想不能说不是受湖北文化而发生的。（二）屈原。诗三百篇，多代表黄河流域的文学。在楚国湖北产生一位大文学家之始祖，不独在过去的文学界推他为第一，就是在现时也是数一数二，恐怕无人胜过他，这位大文豪，就是屈原，他是楚产。（三）徐行。我们读《孟子》，看见一位徐行，觉得他的史学，是现在的无政府主义和社会主义的滥觞，在现在认为最时髦的主义，而两千年前他就说过,不能不说是新奇的,然而他也是楚产。(四)诸葛亮。湖北在第二个时代,奇奇怪怪的思想,多与北方不同,到三国时代,有一个大政治家,文学也好,人人所知道的。(五)道安。盖中国学者,只注重儒家,其实中国学术大人物,自唐朝以后,无有一个不与佛家来往的,所以将中国文化史,若是除开佛界人物,那就去了一大半。若是佛界人物为一起来讲,那我们所认为佛学总开山之祖的,就是弥天释道安,他是湖北襄阳人,常带数百学生到处游行,不借政府力量而到处传道,不通梵文而改正各种佛经。凡那时所译经典,经他查看,而真伪立见,至今我们还据以判断是非。苻坚攻下襄阳,说到了这块地方不足道,唯得有了这个人才,可见其身价之高呢。

唐朝以前,无论何界,文艺思想,湖北人总占重要的位置;但是唐朝以后,也觉得湖北人奇得很,他常常站在水平线上。我的朋友尝把二十四史上有列传的人物,查其籍贯,每一时代,看何处人居多,以百分比例比之。黄河流域几省,山东、河南、直隶、陕西等省,在唐以前常占多数;河南一省,在东汉时竟占百分之四十;唯湖北常能保持平均,不吃大亏,始终在百分之五,虽未占便宜,亦未上当。宋元以后,山东、河南,有时并占不住百分之五,而湖北仍然如常。此种统计法,本不能据以为断定人才的标准,然亦可作参考的资料。考湖北所以长占此种不增不减的地位,一方因居在文化中心,低不下去,一方又因占了中心,四方的风浪均向此来,常不能跃出此线。湖北在文化史上的地位是如此。

但是文化的范围甚广,不专指文学、哲学,他如经济、政治等等,也是重要的部分。湖北在政治上的地位,无论统一、分裂时代,常占重要,换言之,即占据湖北者常胜,失去湖北者常败。远的且不说,近如洪杨之乱,胡文忠等常常以全力争武汉——武昌四失四得，汉口三失三得，其后终得胜利者，全在武昌固守得好。辛亥之役，湖北首义，不过三星期，而各省响应，推翻清朝，把两千多年专制政体廓清，改为中华民国，无论何省人，不能不对湖北人表示钦敬的。革命以后，又常以湖北一省之力，给十余省的军饷军械，牺牲全省人的生命财产，来图国家的巩固安宁，这固由于湖北占地理上的优胜，亦历史上永久不能忘记的。

故以过去的湖北论，其所关的重要如此，不过因占地理上的优胜，一方面有绝大的成功，一方面即受绝大的痛苦。如刚才所说东南西北四面的风，都向湖北吹着，使湖北受到莫大的打击。一首倡议的湖北，连年各省人对之，不免是以怨报德呢。由是几千年文化中心的地方，一变而为武化中心了，比革命以前退化得多。教育濒于破产，人格受其摧残，种种痛苦，诚非一言所能尽。唯是财产损失，犹有机会恢复；教育不振，也有整顿的地步；其他种种，都不算是大痛苦。我为湖北人着想，最抱不平、最可痛哭的，也莫过于人格摧残、气节扫地。在辛亥以前，有许多为国立功的，人格很高尚的，到辛亥以后，为外来势力的威逼利诱，人格遂都保不住了。这种现象，故不独湖北为然，而是以湖北为最甚。

诸君，是从历史上看起，无论哪一种民族，只要是品格堕落，有能复起的吗？说到此地，我敢对湖北人进一策，就是大家赶快起来，一方面抵抗摧残人格的人，一方面不做有损人格的事。人类有时因受外来压力太过，而自己提起精神去抵抗，因抵抗而精神提起，其结果，不独自己原来地位恢复，且能提高。此等事实，在欧洲历史上是屡见的。反看湖北现在的情形，距我离开不过二十多年，物质方面，如房屋的建筑、工厂的组织等等，比以前强得多。若从精神方面来看，好坏虽不敢说，然与张文襄那个时代比一比，恐怕还差得多呢。张文襄时本不算湖北最盛时代，湖北最盛是在辛亥那个年代。若把现在与张文襄及辛亥分为三个时代，则张文襄时代不及辛亥时代，现在又不及张文襄时代。依我老实不客气地说来，湖北现在正是知识饥饿、精神饥饿的时代。在张文襄时代，稍微吃了一点饭，这十余年来，简直没有吃过饭。诸君是想拿张文襄那个时代所吃的饭来救自己的饥饿，这不独湖北认为自己计应如此，即为中国的责任上也应如此。

今将湖北人对于中国将来的责任，略述如下：（一）中国最初二元的文化，以湖北为代表，现在移于长江下游去了，以中国全体文化论，我认为不独南北两方要调和，就是东西也要调和。从湖北溯江而上，像四川、青海、西藏等处，此时未受文化的地方还多得很，能把东西南北的文化调和起来，我认为是湖北人的责任。因为湖北人是富于调和性的，上面已经说过，而现在担负起此种责任的，恐怕非湖北不可。（二）湖北既是当先锋队、创造中华民国的人，现在尚需提起精神，做建设的专业。这十年来，国内扰攘不宁，湖北人既创造民国，自己应该提携保护，如产婆照拂生子，生下之后，尚需把他保护良好，不可抛弃不顾，所以湖北人应该根据民族精神尽量发展，常常站在战线头一排，不能后退。因为湖北人既是先锋者，先锋一退，全体即随之而退，那湖北人的罪过，恐非前功所能抵偿的。（三）以上二种是根本的责任，此项就是附带的一种责任。现在交通不大发达，文化传播极难，就目下全国文化论，除南京、上海、北京、广州等沿海的处所稍为进步外，余如西北各省甘肃、新疆、陕西、云贵等处，文化均极幼稚。想使文化普及全国，专靠长江下游几省力量，实在来不及。唯有湖北这个地方，比较的交通便利，对于传播文化到边省，也只有湖北办得到。假使现在湖北有一个像北大或东大一样的大学，不独两湖人士受益，及西北各省的文化，也均可提高。故为维持中国文化起见，仍不能不希望湖北人尽一种责任。总之，我对湖北人近来所受痛苦，掬一同情之泪；我对湖北人将来所负的责任，还致以诚恳致辞。湖北人应常想想原来的地位，念念近来的困难，一方面提高自己的人格，一方面振起自己的精神，勇往直前，何事不可为？我期望于湖北人者甚厚。十年迟迟不进化的原因，我望湖北人自知之，自图之，毋落人后，毋枉自尊，勉励前进，非独湖北人自己之幸，中国前途受赐实多矣。

本文是梁启超1922年8月30日在武昌中华大学的讲演稿，原标题为"梁启超在武大暑校讲演纪录"，现标题为编者所拟，原载1922年9月5日、6日《申报》

战时教育救国梦

蔡元培

校长、诸位同学：

常常听到陈先生（即陈时校长）在武汉办了一个中华大学，并设有大、中、小三部，像这样完善的学校，在中国确是罕见。中华大学的名称是和中华民国相同的，年龄亦一样，所以中华大学可以说是中华民国的大学代表者。我们知道陈校长办这所学校的动机和目的，以及惨淡经营的情况，兄弟对于陈校长热心教育的精神特别佩服！

现在的日本兵还在东三省。曾在上海，我们吃了很大的亏，受了很多的损失。中国虽有陆海空军，但不能尽力抵抗。幸亏十九路军鼓着勇气打了一仗，然而比没有抵抗当胜一筹。否则真要如日本人说的："在四小时以内，可以解决中国上海的军队了。"至于我军挫败的原因，一方面由于敌方军器的锐利，飞机的众多（一千六百架），电网的密布，测量的准确和拍照的敏捷，给予我们很大的重创；另一方面，则由于我军器械的不精，飞机的过少（仅二十架），汽车的时绝，无线电的常坏和兵工厂的不全，以及募兵制的结果：兵士年龄的不法和太无科学知识，苴苴都足以失败的。不过这次战争的结果，我们却得着两个教训：

（一）奋起抵抗。被压迫民族的中国，能够拼命地和强有力的日本战了一场，尤其是在吴淞一战，完全是肉搏厮杀，确予世界各国一个很大的警惕，我们兵士艰苦耐劳和不怕死的精神，实在值得外人的赞美。所以不抵抗主义是自亡之道，不足取效，要想挽救困危，非大家一致奋起抵抗外侮不可。

（二）科学救国。科学是万能的，所以我们应以科学救国，但须充实准备，因为孟子有言："七年之病，求三年之艾，苟为不畜，终身不得"，更需仿效越王勾践的"十年生聚，十年教训"的耐劳精神，才能获得圆满的效果。

我们既有了科学的准备，一方面办理实业，便利交通，修明政治，发展经济和巩固国防；一方面要有心理的建设。大学便是培养这种人才的，尤其是中华大学，更负有拯救中华民国的责任。我们顾名思义，便知道了，要晓得光义勇是无济于事的，非具有最新的学术，不足以改造社会，这种改造社会的责任，完全落在诸位青年身上。务希大家一致努力，各本所能去发扬大中华民族的精神，才不愧为中华大学的学子，才不负陈校长办这所学校的本旨。

本文原标题为"蔡元培（孑民）先生1932年5月28日在中华大学演讲"，现标题为编者所拟，原载《中华周刊》第414号

中华大学创办之艰难

陈 时

本校草创，转瞬已届二十余年矣！动机乃在尽力为国民服务，本此一片赤忱，逐渐获同情心之扶助。作始虽简，其自然之发展，在此一小天地中，居然毕业生与前后共事者，人数近万，其寄精神以维护之者，尤不可数计，此非始料之所及也。

回忆二十余年之经过，艰苦备尝，有时潜心默祷，有时梦寐呼天。每遇年关节序，辄惊心动魄，算到难谋之时，亦曾动自杀成仁之念，旋即觉为小丈夫懦怯之行，用以自制，仍忍苦茹辛，向前迈进，山穷水尽，柳暗花明，卒得以勉渡难关。此种情景，年必数遇，未尝不叹一事之经历。若忠心耿耿以赴之，如孤臣孽子，操心危，虑患深，乃一种必然之成就。

时家本非素丰，以高曾矩蒦，每喜作慈善事，修桥梁道路，建寺观。民国成立，以教育为陶冶共和国民要图，其时自日本归已期年，有游美肄业馆之约，将赴海外留学。舟经渤海，以先母终日涕泣而返棹，先父乃令从事教育，愿捐家产之大半，仅留生活所需，复值先伯母衰龄乏嗣，命不肖曰："设汝能为予承榱祀者，将以薄产，助汝办学。"同堂叔父及诸昆季，皆表赞许，两家幸福之供给，皆愿牺牲为本校作基础，此时不忍不赌生命以从事者也。

时于办学之初，甫弱冠，年少气盛，视天下事太易，心雄万夫，自视过高，有时舍本业而骛外，欲以外事济校务之发展，遂因之偶受挫折，返躬自问，成就我者实多，而校务有二十余年之小成者，时则不能贪为己之功，须向各方颂德者：

私校须仗政府之维护，本校深得政府之培植与当局赞助之力。且每值视察员来校，其指正之点，多寓善意之维持焉。

私校须受社会之扶持，本校则在社会上团体个人，每不吝相当之援助。

私校须同事能和衷共济，本校教职员人数，先后达千余，有共事至十年以上，从无凶终隙末者，且有他处以巨薪高位罗致，愿共甘苦而不去者。记某次以校款困窘，于寒舍中，罗雀掘鼠以供校用，同事见旧衣银屑，送入质库，有相顾垂涕者。

私校须学生之爱护，先父尝命视学生如子弟，本校学风淳朴，为人所称道，师生隋感，每侪于直谅多闻之列，偶值校困，则自动募公债，加学费以济之。离校校友，相助尤多。

有此各方恩惠之相加，使时不得不努力以赴之。尝自诏曰："天下事之成败，在是否以诚感应，继以坚贞赴之，不问收获，第问耕耘。"本校二十余年之小成果，个人之力，决不济事，唯办事则"诚"之一字，宜终身以之，不必计成败，自有机缘默相而玉成之耳！

特刊编辑成书，聊述所感自勉，并以谢加恩惠于本校及时之个人者，进而望当世君子，优予援助，使本校日臻完善，时得卸仔肩。

　　本文是陈时校长在中华大学20周年校庆上的讲话，现标题为编者所拟，收录于《陈时教育思想与实践》，华中师范大学出版社2001年版

新教育的精神

陈独秀

教育就是教育，怎么会有新旧之分呢？怎么样算是新教育呢？怎么样算是旧教育呢？我晓得，大家必定说：外国文、算学、博物、理化，这些科目，要算是新教育；读经史、读四书、读古文、学美术，要算是旧教育。我说并不是这个样。无论什么教育，要研究它的时候，只要方法新、精神新，并不在科目的新；就是研究现在大家所公认的旧教育，只要它方法新、精神新，还是有用的。就是外国文、算学、博物、理化，研究它的时候，要是方法不新、精神不新，还是白说的。但我所说的新，要把它来分做三点：

（一）教育要趋重社会；

（二）要注重启发的教育；

（三）要讲究实际应用。

（甲）教育怎么要趋重社会呢？教育与社会的关系是很大的。社会要是离了教育，那人类的知识必定不能发展，人类知识一不发展，那国的文化就不堪问了。现在单说那研究经济学的，不晓得详察现在社会的状况与财政虚盈，就是多读些中国经济史、外国经济学，又怎么样呢？那于社会是一点益处没有的。可见得教育要趋重社会，不能趋重个人。

（乙）启发的教育要以学生为本位。怎么说要以学生为本位呢？这个毛病，不独中国有，连外国也是难免的。是个什么毛病呢？就是当教授的人，往往将自己所得的来发挥个人的意见，不问能不能供学生的研究与理会，只要将他所晓得的说与学生，那就算是尽职了。要是这样一生没有用处，总是教员将所晓得的说与学生，学生晓得了，又是这样地教与他将来的学生，这个文化思想力怎么会发展呢？所以我觉得教育是训练的，非口说的；是发展的，非流传的。道德的进步，要有行为的教育，学问的进步，要有知识的教育，像这样训练学生，就易于感觉了。

再说小学生的教育，更不能叫其读没有作用的书，做没得作用的事。只要就其儿童心理所能领会的，审慎加以训练，使他好发展想象力，那就够了，并不在要他记得许多的故典与古人的姓名。我们要晓得，儿童的想象力有限，他脑筋中既耗了许多的记忆力，他的想象力是必定不能发展的，学问怎会有进步呢？所以我主张小学生并不要教他的历史，教他一些好故事比教他的历史还要强些。这是什么讲究呢？就是因为儿童想象力薄弱，你要教他一些前朝的古人与兴败，他一定不能了解的，倒不如教他一些故事，他倒觉得与现在的社会么事相像，于他的学问就有进步了。

再说地理教育，更不是这个教法，并不在一刻要晓得外国、中国的地名与要塞，就算晓得地理，那是无用的。要教学生晓得现在住的地方有多大，出产有几多；再由城而及省，由省而及全国，由本国而及外国，那天下的地理，就自然明了了。

（丙）实际的应用不在形式。我们中国人的心理，每讲究形式好看，不讲究内里结实不结实。我现在单说北京清华学校办的图书馆，外面说它花去了三十万块钱，那应该办得几好呢？其实不然。我过细一调查，它的图书大约用去了两三万块钱，剩下的拿来做了什么事呢？都是拿来做了房子。你看那房子，为什么要做得那样好呢？再说现在的教育部，依我说顶好是废除不用。你看在教育部办事的人，几多晓得各地的情形和经济的状况？他只要就他们几个人所想的，要各省的学校都来照他的整齐划一，所以各地的学校，要兴的弄得不能兴，要废的弄得不能废，都是因为他们限制了，要它有什么益处呢？到反为各地教育的障碍了！再说现在的农、商各学校，更是好笑，你看有几多农业的学生下过田？几多商业的学生做过买卖？我说现在的农业学生，还有赶不到老农夫的，商业的学生还有赶不到老朝奉的。这是什么缘故呢？都是讲究外表、不讲究实际应用的病。我很希望后来办教育的人，不要讲究形式，有几多钱，办几大的学堂；科目不在多，只在其能不能适用；教员不在多，只在其有没有教授的方法与精神。一有新方法、新精神，就一定可以得新教育，造就新人才矣！

　　本文是1920年2月7日陈独秀在国立武昌高师的演讲，原载1920年2月9日《国民新报》

武汉大学工学院应注重什么

石 瑛

应着时代的需要，武汉大学便有工学院的产生。工学院本来是大学中四院之一，其发展是要与其余三院平行，并且是与其余三院有密切关系的。但是工学院有特别注意几点，现在姑且简单地说明于下：

（一）注重设备：过去十余年中，国内大学数目的增加，几乎像雨后春笋一般，但一提到设备，则不免令人非常的失望。尤其是工科方面，学生除了从书本上求知识而外，几乎没有机会去实地练习。这样的大学虽然很多，每个大学所收的学生虽然很多，但是对于青年影响如何，究竟是造就他们还是贻误他们，是可以不言而喻的。武汉大学工学院在筹备期间，即指定一笔定款为购买机器及仪器之用。现在铁工间已备有车床十余部，虎钳十余部，铣床、钻床、万能磨刀机各一部，还有几部较大的车床及刨床，牛头刨床正在议价之中。木作间的车床、锯床，不日即可运到。打铁间及翻砂间的房屋，已经做成。总发动机系二十匹马力的柴油机，现在很可够用，将来新校舍成立，工科学生的人数增多，各种机器尚须添置，总发动机的马力自然也要加大。至如测量仪器，凡应有者现在已完全订购，并且有一部分已经交货。还有材料试验机及各种电气机器，此后也须陆续具备。总之工学院除特别购置外，每年预备添购价值两万元左右的设备。工欲善其事，必先利其器，我们总想把用脑不用手的习惯，把只尚空谈不求实际的习惯，渐渐矫正过来。

（二）注重实习：大学的设备，当然不是一种装门面壮观瞻的东西，是要学生利用这种设备去增长他们的经验，提高他们的技术的。我曾经参观国内几个工艺学校，它们也有一点设备，但是有些工场主任对我说：学生多半不愿动手。他们长袍大袖地来到工场，远远站在机器旁边，要工人动手，他们静看。就是有时万不得已，做的实习，他们也是敷衍了事。一件工作没有完成，便半途而废了。我们中国人有种习惯，凡事不愿躬亲，总是指挥人家命令人家去做。所以不独军界，就是工程界也有只想当指挥当司令的，很少想当兵的。这样训练生疏、经验缺乏的分子，与人家做工业上的竞争，当然不待交战，便不免弃甲曳兵而走了。国内有些工业学校，于学生之外，兼收艺徒，他们的艺徒，倒是有些成绩很好，离了学校之后，也很为工厂所欢迎。学生就不同了，在校既未得到切实的本领，出了校后，除了钻营及捣乱以外，很难得到一个位置。这样的结果，办学校的人当然不能不负领导不力贻误青年的责任，同时学生本人也未免为浪漫疏懒的习惯所误，以致机会一失，此后也就追悔不及了。这一点是凡有志于学工程的人，都应该切实矫正的。

（三）注重人格：人格丧失了，无论你法律、经济、政治、文学、科学或是工程学得怎么好，都是于社会于国家没有益处的，甚至利用他们的知识去做坏事，于国家社会反大有妨碍。你们看这十余年来，为军阀官僚做新式走狗的，是否有归国的留学生或国内大学与专门学校毕业生在内？他们为腐败堕落的社会所转移，为怠惰奢侈的习惯所沾染，没有抵抗的力量，没有独立的精神。我们当知道社会上最大的危险，就是没有中坚的人物，就是狂流之中，没有能做砥柱的人物。青年学生，奴颜婢膝地去捧军阀、拍官僚，那些军阀官僚还有丝毫顾忌么？中国的前途还有一线曙光么？我们学工程的人，对于理论上实习上丝毫不肯放松，不是完全为个人的，是准备出去为国家社会服务的。我们出去做事，要有十二分的责任心，要有大无畏的精神，中国的实业才有发展的希望，同时现在这种此争彼夺、用枪杆夺地盘、弄得兵匪遍地民不聊生的伤心的事实，也庶几可以渐渐减少。

本文是1930年5月5日石瑛在总理纪念周上的演讲，原载《国立武汉大学周刊》第58期

武汉大学应继起文化中心的责任

刘树杞

　　今天是国立武汉大学正式开学的日期，在这天有教育部的代表，武汉政治分会、省政府、省市党部也各派代表来参加，这是值得感谢的。本来这开学礼是应该在开学时候举行的，我们为甚在这学期终了的时候举行呢？因为：第一，本校过去都忙于积极的筹备；第二，我们把武汉大学郑重地开始。虽然是过了几十天才开学的武汉大学，但比之于去岁开学而不上课的中山大学总有霄壤之别了。我们知道武汉在过去是中国经济和政治的中心，但文化则瞠乎其后。武汉大学在全国统一后的中国，不客气地说，是应该继起文化中心的责任。但社会也许说我们是夸诞吧？在这里我应该报告出武汉大学的特点：

　　第一，武汉大学是特别注重党义的。因为，总理造下的党是建设新中国的支柱；而党义，不用说，是指导中国前进的灯。这点，在武汉大学是真确知道而努力的，无论是大学部预科或是补习班每年级每个学生都是必修党义的，课程在二小时以上。所以，武汉大学是在三民主义的指导之下而发荣扩展，并去指导社会。

　　第二，武汉大学是注重质而不注重量的。普通地说，一个大学应该完全具有工科、医科……但本校现在仅设文学院、理工学院及社会科学院（文学院仅中国文学系、外国文学系；

理工学院仅数学系、化学系；社会科学院仅政治经济系）。这不是说医科、工科不需要，而是，先缩小范围，集中精力，一科一科地做好；不是挂了某一系的空名，滥竽充数的，而是使各科简练求精。这样，才可挽救过去湖北"小学般"的中学程度、"中学般"的大学程度的恶症！

第三，武汉大学的学术是向深邃处研究的。过去中国学术界的肤浅是无可讳言的事实，这种最大的症结，根本是因为大学课程浅薄的缘故。所以，在新产生的武汉大学，它的研究的道路是注重向深邃处走的。

第四，武汉大学是追求更伟大的建筑，更新鲜的外表的，那就是新校址的建筑。我们知道学校学术的勃兴，大半系乎教授；而教授的聚集，也大半看学校的精神。校址——伟大的建筑可以说是学校精神的体现吧！本校在中央教育部，湖北政治分会和省政府的指导之下，新校址已经测绘了，并且将开始建筑。所以新校址的建筑在武汉大学的产生和发展的前途上是具有无限曙光的。

第五，武汉大学的课程及造出来的人才是实用的。这不用说，在建设开始的中国，人才是异常缺乏；社会才安定的现在，指导者要异常亟切。以此，本校在学术上要养出适合于中国的建设人才，同时，在精神上也要养出健全而高尚的人格，以领导民众。

今天是开学的时候，我仅仅报告一部分要说的话，其余留待各委员、各代表赐教。

　　本文是1929年1月5日刘树杞在国立武汉大学补行开学典礼上的开幕词，标题为编者所拟，原载《国立武汉大学周刊》第6期

离任武汉大学的讲话

刘树杞

各位同学：

今天应该王星拱先生演讲的，在这里我简单报告各位几件事：

（一）关于学校的课程及系别。上周周鲠生、翁敬棠两先生来校开过两次评议会，决定了下列几项事情：

A.文学院添设哲学系，教育学系是否添设，视将来情形再定。

B.社会科学院添设法律学系和商学系。因为教育部规定北平、南京、武昌、广东为四大学区。所有以前在这些区域内的法政学校，教育部并拟加以取缔，而将此项教育，划归这四个大学办理。因此，本校法律学系有赶急筹设之必要。更以武汉居长江中心，为贸易枢纽，商业上适用的人才亦极缺乏，故并议决添设商学系。

C.理工学院自下学年起分为理学院与工学院两院。

一、理学院添设物理学系，至生物学系之设否，此时尚难决定。

二、工学院先设土木工程和采矿冶金两学系。因为在训政时期，各种建筑设备，俱在积极进行，而工程师人才极感缺乏，并且武汉地质丰沃，倘有采矿专家悉心研究采发，天然富源一定不少，故本校有急设土木工程学系与采矿冶金学系之必要。

（二）经费问题。根据本党教育经费必须独立和稳定的原则，并且援照从前武昌高师的先例，已议决呈请武汉政治分会指定烟酒印花两税为本校经常费源。

（三）学校负责人人选问题。因为兄弟任教育厅的事务，不能两兼的关系，已呈请教育部准辞代理校长兼职。在代理校长的半年中，对于本校一切事务应该促进和发展的地方，俱多未得实行，这都是因为教育厅事务太繁，无力兼顾，兄弟深为抱歉。好在国府政治会议已准兄弟辞职，而另委王世杰先生为本校校长了。在王世杰先生未到校以前，由王星拱先生代理。二位王先生知识的优越，道德的高尚和经验的丰富，都是兄弟素所深悉而敬佩的。此后武汉大学的发达，是可以预祝的。但是，兄弟虽然不在校内，而仍为学校建筑委员之一，倘有帮助的地方，仍是愿为本校效力的。况且，在地方的教育上，兄弟职务所在，也应极力为本校帮助的。从今日起，本校由王星拱先生负责了。

本文是1929年3月11日刘树杞在离任武汉大学时的讲话，标题为编者所拟，原载《国立武汉大学周刊》第13期

我们对武汉大学所抱持的希望

王星拱

　　兄弟对于党务方面，所做的工作不多；对于政治方面，完全是外行，所以没有多少可以报告。但是有一两件大事，是我们所共同注意的，兄弟也应当说一说。

　　党务　第三次全国代表大会行将闭幕了。本党以党治国，党的组织不健全，则政治方面要发生许多障碍。此次全国代表大会，可以解决现在的问题，可以规定将来的步骤，一定有良好结果产生出来。

　　政治　前几日有一种谣言，说中央和地方将要发生冲突。其实外貌虽紧张，而内容则日趋于缓和。因为照各处的党国领袖所表示的意见看起来，中央对于地方能够谅解，地方对于中央能够服从，一方谅解，一方服从，那么，还有什么冲突之可言。况且从人民方面讲来，在革命过程中，已经受过许多损失，现在都有乞可小康的希望。我们相信我们的党国领袖，是不会漠视人民的希望的。

　　校务　刚才刘校长已经报告过了，兄弟不必再为详说。我们的武汉大学，若是没有刘校长的努力，决不能达到现在稳固的地步；并且，若是没有刘校长的努力，我们的武汉大学并不能够产生。这是无论何人所公认的。现在刘校长因为厅务太忙，辞去校长职务，已由中央任命王雪艇先生为校长了。王雪艇先生有精博的学问、高尚的道德与宏毅的能力，他来做我们学校的校长，我们的学校必定有一日千里的发展。但是，他因为在中央方面一时摆脱不开，所以暂时不能到校，并且叫兄弟暂行代理。兄弟力薄学浅，只能够做到暂时承乏的限度罢了。现在我们同仁尽力敦促王先生早日来校。我希望同学诸君，对于王先生有同样的敦促。

其次，兄弟所要说的，是关于知识的问题。在上次纪念周里，周鲠生先生说过，知识也是一种力量。现在我把知识之重要，再为引申一说。

总理的心理建设的学说，为行易知难，这是大家所知道的。但是，总理的学说，一方面可以鼓励我们力行的精神，而其他一方面并不是禁绝求知的欲望。因为，总理又说，凡真为特识，皆从科学而来，所谓科学，就是各种有系统的学问。而且，总理个人也是努力读书的。在民国八年的时候，我有一个朋友，会见丸善书社里一个经理，问及中国行销书籍以何处为最多。这个经理说中国购买书籍最多的，不是机关而是私人。问是什么人呢？他说是孙逸仙博士。足见总理是极其注重读书的。所以"读书不忘革命，革命不忘读书"两句话，总理实在是以身作则了。

总理主张恢复中国旧有的道德。旧有道德，也是注重知识的。《大学》上的最终的目的是"治国平天下"，但是其最初的工作是"格物致知"。所谓"格物致知"，是即凡天下之物，莫不因其已知之理而益穷之，所以《大学》以致知为知本。《中庸》说"博学之，审问之，慎思之，明辨之，笃行之"，是学问思辨，乃是在行之先。现代有一些哲学理论，也说一个人的自己，是由过去经验构造起来的。所谓经验，是从客观的物理的表现和主观的心理觉察集合而成的。知识也是经验方面的东西，知识到什么地步，人生的立脚点就在什么地步。所以知识是立身的基础。

从人类向上社会进化的立场上看来，道德、知识、技能，都占重要的位置，而尤以知识为基本的主体。因此，鉴别不明，故行为因之而错误。凡道德方面的缺陷，都是由于知识方面不健全。所以苏格拉底说："知识即道德。"至于因物致用的技能，更要藉知识做基础。征服天然，本是科学的能事。所以培根说："知识即权力。"由此言之，在主观方面的修养，不能脱离知识；在客观方面的应用，尤须以知识为源泉，足见知识是我们重要的宝藏了。

况且就现在我国状况而言，训政建设，是主要的工作。训政乃是教训国民驶入政治的正轨。倘若没有知识，如何能够教训？至于物质建设，更要有专门的知识，那是不待言的。所以无论从哪一方面看来，知识都是重要的。

我们武汉大学，为全国四大学区之一。它在我国文化上，占据重要的位置，是值得我们大家共同努力的。我们要秉承学术独立的精神，以满足我们共同求知的欲望，使武汉大学不愧为全国知识的中心。这是我们大家对于武汉大学所抱持的极热烈的希望。

本文是1929年3月11日王星拱在刘树杞代校长离任时的讲话，标题为编者所拟，原载《国立武汉大学周刊》第13期

让武昌变成文昌

王星拱

校长、各位同事、各位同学：

本学年开学典礼，兄弟没有参加，极端抱歉。兄弟又曾经把各位先生的开学演讲捧读一遍，读到最后的一行，是韦（润珊）先生所说的我们所在地的武昌，应该因为武汉大学的发展，而渐渐变为文昌。兄弟不禁发生了许多横竖错综的联想，今天就把这些联想说一说。

去年有一天，兄弟和几位朋友上到蛇山"绝顶"，看见山前是武汉大学，山后是文华书院。我们笑着说，武汉对文华，是最工稳不过的对字。但是我们的志愿与责任，并不是要使汉而武，实在是要使华而文，这和韦先生的意思是一样的。

我们从前讲出身，不外乎文、武二途，西洋人讲服务于国家，也是分Civil & military service。从我们的历史讲来，各时代治国的方略，也不外乎文治与武治。大概开国的皇帝尚武，继统的皇帝尚文，所以历代第一个皇帝的谥法或年号总是什么武，第二个皇帝的谥法或年号总是什么文。以武得天下，以文治天下，这个道路，无论在什么时代都是对的。所以，总理的建国大纲，第一个时期是军政，第二、第三个时期是训政和宪政。

于是兄弟又联想到刘先生演讲中所说的军事、政治和教育所发生的互相的影响。军事就是武，教育就是文，政治可以说是介乎二者之间。教育如何能够影响到军事、政治，刘先生已经详细说过了。兄弟今天还想把这三种事业的性质比较比较，而归结到我们所应当采取的态度。

我想这三种事业最大的不同点，在它们收效的缓速。军事的收效最快，政治次之，教育又次之。拿军事和政治来比较，军事是要收获目前的胜利的，政治是要收获久后的胜利的。军事胜利，于是什么都为它所有，若不幸而失败，也就什么都完了。所以拿破仑自滑铁卢失败之后，总不能恢复他原有的势力，项羽虽是战无不胜，然一旦败于垓下，就不免于身死国亡。胜败乃兵家常事，这是一句绝对不通的话，其实军事是只可胜而不可败的。唯其如此，所以兵不厌诈，兵贵神速，虚者实之，实者虚之，种种所谓兵法，只要可以获取目前的胜利，都是可以采取的。若政治则不然，一种政策实施后的结果，不是即刻可以看得出来的。例如关税保护政策之有益于工业之发展，是因为关税保护可以减除舶来品之竞争，没有舶来品的竞争，则本国制造可以多一份发展的机会。普及教育之有益于国民的健康，是因为普及教育中有一部分是卫生知识，大家都有了卫生知识，然后能够履行个人卫生的条件，拥护公众卫生的政策，于是体育才能发达，传染病才不至于发生或蔓延。凡如此类的效果，都要经过长久的时间，才能收得到的。所以政治家要有深远的眼光，不可狃于目前的功利。

同样的比例，可以移到政治和教育之间。政治的收效缓于军事，而教育的收效，则更缓于政治。政治的收效，在乎政纲的实行；政纲的实行，又要靠着政党的在位。一个政党如果能够获得民众的拥护，使用政治上的权力，其收效还是较快于教育。若教育乃是百年树人之大计，它的任务，是要研究学术的。有一些关于物质方面的学术，乃是公共的、中立的，不但是无党派的，并且是无国籍的。即就一般关于精神方面的学术而言，我们在学校里边——尤其是在大学里边，也不是用一张命令式的教条所能了事的，必定要经过居安资深的历程，才能得到笃信力行的结果。

我们试看看：一种学术之影响于民族之兴衰及国家之隆替，往往都是在数十年之后。英国亚当·斯密著《原富论》，以自由竞争为致富之源，这种学说，对于别国的经济命运有无影响，及其影响若何，我们姑且不管，但是在工业先进的英国，它实在曾经做过鼓励工业的工具。卢梭的《民约论》，主张天赋人权之说，我们也姑且不管它是否革命理论中之普遍的绝对的真实，但是它实在是法国革命的急先锋。至于物质科学，也是如此：德国霍夫曼和他的朋友研究有机物之制造，把德国在欧战以前变成世界唯一的染料制造国家，增进德国经济的地位真是不少；巴斯德研究微霉，改良了法国蚕业，又增加了一般医学的知识。这种例子，实在是多不胜举。总之，我们研究学术，不能有求速效的心思，所以孔子说："志于道，据于德，依于仁，游于艺。"《学记》上说："君子之于学也，藏焉、游焉、修焉、习焉。"韩愈《进学解》上说："业精于勤荒于嬉，行成于专毁于随。"所谓志据依游，所谓藏游修习，以及所谓勤所谓专，都是要朝夕不离，优游涵泳于学术之中的意思。

因为军事、政治、教育三种事业的性质不同，所以从事于这三种事业的人所应当采取的精神和方法，也应该不同。在政治里边，倘若使用军事的眼光，必定损失政治的效能；在教育里边，倘若掺杂政治的工作，也必定摇动教育的基础。所以我们从事研究学术的人，是要不管政治才好。

但是有人可以说：这不过是一片迂腐的话头，与现代潮流不合。对于这一层，我们不能不有相当的解释。我们也知道：凡是公民都负有政治上的责任。希腊古哲说：人为政治的动物，因为人要依赖社会而生存，凡是社会上各种公众事业，都是与他有关系的，所以各人都应当管政治。英国有句俗话说：政治乃是我们的面包和牛油，那就是说，政治是和布帛菽粟一般，它们都是不可一日可离的东西。为什么我们反来不管政治呢？我们须要知道：当现在的时候，我们要管政治，不但与教育有损，而且于政治也是无益。从前我们以为无人管政治是危险，现在我们知道管政治的人太多也是危险；从前我们以为管政治的人无知识是很危险，现在我们知道管政治的人没有充分的知识，也是危险。我们在这个时候，若是在增进知识、修养人格上多做功夫，所得的总结果，必定比在现在政治的范围里求速效还要好得多。

我们在这个时候，必定要抱持不管政治的态度，才能造成研究的空气，才能希望得到学术独立的结果，才能把武昌变成文昌，才能从武汉的名义而收到文华的实在。

这是兄弟今天因联想而发生的几层意思，还请诸位加以思索和批评。

本文是1929年10月5日王星拱在总理纪念周上的演讲，标题为编者所拟，原载《国立武汉大学周刊》第31期

武汉大学新校舍的建筑问题

王星拱

今天兄弟所讲的，是关于新校舍的问题。新校舍的建筑，经校长悉心筹划，第一期，已开始动工，第二期也就要招标承办了，这是何等值得庆幸的事情！可是，我曾遇着人对于新校舍发生两种疑问。固然，他们的疑问不能阻止我们的进行，但是我们总也要有一个合理的答复才好。

他们的疑问是：

一、现在物质艰难，我们有一个校舍就够了，为什么要费许多金钱去造新校舍？

二、纵然要造新校舍，在城里造就好了，为什么要跑到乡下去？

我今天把我所用来答复这两个疑问的理由说一说，或者也可以帮助诸同学共同作一个关于校舍的"答客难"。

答复第一个问题有三层理由：

A.关于学术设备方面的：学术是随时代而变迁的。古代所讲的学术，是偏重理性，近代所讲的学术，是偏重事物。前者是心理的，后者是物理的；前者是真心诚意，后者是格物致知。古代的学者，不妨独坐山洞之中，也可以立言万卷。在现在的时候，若要研究物有本来事有终始的至理，必定要物质方面有许多工具的帮助。没有完备的天文台，如何能够测定星球的位置和行动？没有发动机和工作厂，如何能够考较能力的应用和变迁？就是图书馆的储藏和阅览，也必定要有合宜的建筑，才可以防危险而收利用。所以新校舍的建筑，是极端需要的。

B.关于卫生设备方面的：卫生对个人身体的发展和民族健康的维系，都有重要的关系，那是不待言的。但是有人说，我们对于无论哪件事，只要刻苦就够了，何必要良好的校舍？我们承认：刻苦是极其重要；然而刻苦和卫生，是互相为用而不相冲突的。譬如说：洁净的水和充足的日光，都是卫生上必需的条件。水必须洁净，才能防止病菌之侵入，日光必须充足才能维护血能的生机。这两个条件，都必待有适宜的房屋，才能够满足。我们何能因为要刻苦而不讲求这两件事情呢？有一位日本人写一本书，叫作《硬教育》。他说：我们文明人类，因为舒适的日子过多了，组织都变得脆弱了。我们应当吃不易消化的东西、受大家所不能受的苦，以期增加抵抗困难的能力。他自己便以身作则，天天吃不易消化的东西，结果是送到肠胃病院去了。一般人说中国人抵抗病菌的力量，比西洋人强，因为中国人是在病菌繁殖的环境之中，经过天择而遗留下来的。但是，我们可能因为这个缘故，而不讲求卫生吗？抵抗困难的能力，固然是可以增加，但是也有限制。从这一点着想，适当的校舍，不是奢侈，乃是必需。

C.关于团体观瞻方面的：我们先说中国古代对于学校的重视。凡是一个酋长或皇帝攻克一个城池的时候，第一件要做的事，就是造圣庙，即是所谓辟雍泮宫。这些辟雍泮宫并且占据一个城池里顶好的地方，这是封建时代的事体，我们且不必说。我们试看看近代兴盛的国家，哪一国不是有一些规模宏大的大学呢？再以本国而论，武汉为全国的中心，为工业上、商业上、政治上重要的地点，为全国四大学区之一，难道不需要一个宏伟美丽的大学替我们国家一壮观瞻吗？所以，即便不从实质上讲而从形式讲，武汉大学也应该有一个很好的新校舍。况且，在此四大学区之中，北平因为旧首都的关系、南京因为新首都的关系、广州因为纪念革命策源地的关系，这几区的大学，或者是已有相当的建筑，或者是在建筑方面积极进行；那么，武汉大学，更应当有同样的发展了。

答复第二个问题也有三层理由：

A.在乡村里面，我们能够领略自然的美。这一点是大家都知道的——花开遍地，鸟声满林，云霞蒸蔚，湖光明媚。这些自然界的美丽，不是城市里所能领略得到的。并且，在自然怀抱的乡村里，可以使文学修养者另外得一个泉源。所谓文学的泉源，本来有两种：一是社会的（即人文的），一是自然的。前者是要到人群里面，体会过、经验过人间的悲苦辛酸和快乐，通过艺术的道路，而宣发为各种作品，使赏鉴的人们发生共感。至于后者便是庄子所谓神游，苏子瞻所谓游于物外，柳子厚所谓与天地为一的意思。前者是世间的，后者是超世间的。在苦乐上讲，前者往往是使人觉得很苦，后者则可以使人得着高尚的愉快。假如文艺是站在个人主义上面，到自然界那是再好没有的了，效用是另外一回事。所以为享受自然，养成文艺家的自然趣味，学校是建筑在乡村里最好。

B.在乡村里，可以观察自然的秩序，这一点是大家所不十分注意的。因为中国科学不发达，一般人对于秩序的观念都很薄弱——不知道尊重秩序。所谓尊重秩序者，就是相信宇宙间各种现象，都有因果的关系，而且要把这些关系研求出来。我们要养成这种习惯，最好自然是要在实验室里学习实验的科学。水到零度必结冰，到百度必沸腾。有此为因，必有彼为果，是容易看得到的。其次，就是观察自然界的各种现象。云腾致雨，露结为霜，气候的变迁，是有一定的；种瓜得瓜，种豆得豆，农夫的工作，也是有把握的。至于社会里边各种复杂的现象，往往不能把因果的关系，明白地表现出来。我们因为不能明晰这些关系，往往就轻视了、忽略了，而不去研究，其结果不是武断，就是无所适从。所以为养成尊重秩序的思想习惯，最好是就表现因果关系较为明显，而又不是与日用常识相距太远的自然界里的现象，随时做做观察的工夫。就这一点来讲，学校是建筑在乡村里好。

C.在乡村里，可以领受自然界的清洁。物质上的清洁，自然是乡村比城市好，尤其是市政未曾完美的城市，更不能和乡村相比较。还有精神上的清洁，也不是在城市里所能领受得着的。我们试看看，骄奢淫逸的风俗、欺哄讹诈的行为，以及政治上社会上，一些不正当的运动，都是发生于城市之中。我们在这种环境里面，受了耳濡目染的影响，渐渐是如入鲍鱼之肆，久而不闻其臭了。学校若是建筑在乡村里边，那么，我们天天所接触的，是非世情的白云、无恶意的流水和真挚的师友，悠韵的图书以及天真烂漫忠实诚恳的乡下人，倒是有益于我们的身心的修养，人格的培植。当然，也有许多人说：我们负着改革社会的责任，我们是不应该离开社会的。佛家说，我不入地狱，谁入地狱？这个道理，自然是对的。但是要入地狱，先要成佛。不是佛而入地狱，恐怕要混入魔鬼道而不自知。我们也是一样的，要改革社会，先要立定脚跟。不然，不但改革不了不良的社会，反被不良的社会同化了。所以就修养身心、培养人格讲起来，也是把学校建筑在乡村里是好得多。

这是我所用以答复朋友们的问题的内涵，已于此讲过。我希望这几层意思，或者可以给予同学答复同样疑问的时候一点帮助。

本文是1930年3月31日王星拱在总理纪念周上的演讲，标题为编者所拟，原载《国立武汉大学周刊》第53期

如何看待别人夸奖武汉大学

王星拱

各位同事、各位同学：

兄弟今天所要报告和演讲的，很简单。现在先报告本校最近有一个很大的困难问题，就是晚上自修的电灯坏了，这很不方便，电灯公司方面也不晓得几时才能修好，因此，本校原来以为新校舍成功了另有电机的，这里本来不预备再买，可是现在却又不能不买了。本校有一个机器是二十匹马力，现在买了一个Dynamo，它的发电量是十六个基罗华特，配合起来可以发出四百盏电灯的电力，大约十天后就可以装起。但在这里要报告的是：本校的电灯原不止此数，所以现在正要设法减少，因之更希望同学不要随便接线，以免光线不亮或有其他的危险。这是我所欲报告而望同学注意的。

至于演讲，兄弟今天本来没有预备，只在这里稍说几句。在这个寒假之内，我到上海去了一趟，又在南京住了两天，会着了许多旧交和新识的朋友，每每和我谈起话来，总是一律地夸奖说武汉大学办得怎样的好。有的说它是全国大学中的后起之秀，将来有无限的希望；有的说它是全国顶好的学校。说这些话的朋友并不是和我开玩笑或讲恭维话，我直接和间接所听到的多是如此。因此，我便在这里发生了一个感想：就是人家夸奖我们，我们固然喜欢，但另一方面反来发生疑惧的情绪。古人说："声过开情，君子耻之。"又说："盛名之下，难以为继。"我们听到人家的夸奖，我们不能不反躬自问：我们学校里是否有充实的内容，当得起这个荣誉？这个荣誉我们是否可以保存下去？我记得有一个朋友说过，"名誉可以毁坏一个人"。因为一个人有了名誉，往往就觉得自满，既是自满，于是就怠废下去了。个人如此，学校何独不然？假使我们的学校现在做不到人家所称誉的地步，或者我们现在纵然做到，将来不能保存下去，那么，这名誉对于我们学校反来是一种致命伤。

谈到这里，我就有两点意见要讲：第一，是努力和收效，是应当互为因果的。有了以前的努力，才有现在的效果；有了现在的效果，更应当增加将来的努力。不要以为已经有了效果就随之而怠惰下去了。第二，是团体与分子的关系。各分子都能够有贡献，那么团体好，才能够有进步；假使分子不健全，或者不尽责任，或者各分子的力量，不往同一的方向走，则团体也绝没有什么进步可言。这两点都要切实地做下去，那么，我们的学校才会名实相符，而且更能保存下去。

我们同学的贡献是什么呢？也是一句老生常谈的话，用功读书。读书有两点要注意：第一是专心，第二是增加兴趣。要专心，必先对于读书以外的事一概不管，我很相信大家不会驰为心志于社会的浮华。就是政治方面的事情，我们也不能分心去管。我们要晓得，现在是训政时期，一切的事情都要受党的训练，训政的工作就是要使国民了解本党的主义和行使国民所有的权利。这时期是以党治为方法；到了将来宪政时期的时候，民治就是目的。只要我们笃信本党主义，有了充分的学识，将来致力于国家社会的地方是很多的，现在我们不用管。

再谈到增加兴趣。在早先原多是主张灌输教育，那是不对的；现在乃有启发兴趣的一说。在这方面，我更有两点要讲：第一，是要创造兴趣，才有兴趣。例如一个数学问题，起先对之有一种解决欲，因而有一种动作，算出来的结果便是报酬。这就是愉快——兴趣。假使以后又遇着了更难的问题的时候，依样地更用心去应付，那么结果必更好，所得的兴趣必更高更大。这和心理学中所谓性格的养成是一样的。至于要如何创造兴趣的话，就是要对于某种问题存着一种要求解决的欲望。这欲望是从自己发生出来的。第二，无论哪种学问，都有阶段的不同。初学的时候是很容易的，往往觉得有兴趣，继而又觉得难，兴趣往往因之而断丧，再进一步学下去却又左右逢源而可以发生兴趣了。所以无论何事，中间必定要经过一个困难时期。关于这点，我有一个故事可以讲：我十几岁的时候，学英文。第一天学二十六个字母，第二天学两个字的拼音。那时有一个同学，要算是有点小聪明的人，当时就借着这英文想骂人，他说出ye an ox一句话；又学了几个月以后，才晓得早前骂人的话不对，ye是古字，应当用you，an是用于第一人称的，ox前面更应该加一个an字。他当时就觉得这英文太麻烦、讨厌，因之他的英文终究不行，没有进步，这位同学现在还健在，但是他的英文知识，还是没有超过字母拼音的程度。因此，我们知道，无论什么学问之中必有困难，决不都是好玩的、顺适的。大家要发生兴趣，第一要创造兴趣，第二要吃苦而得兴趣。

我还要慎重地说一句话，就是大家一方面用功读书，一方面却不要忘掉了体育这一层。这方面，王校长本来已经讲过几次，我现在再在这里重复提一提。现在学校的功课很忙，伙食又很苦。力学而又苦行，若是再不注意身体的锻炼，将来吃亏是难以补救的。

　　本文是1931年2月2日王星拱在总理纪念周上的演讲，标题为编者所拟，原载《国立武汉大学周刊》第83期

武汉大学所应当注重的精神

王星拱

各位先生、各位同学：

今日是一九三三年度本校举行开学典礼的日期。同时，我们又深切地记得昨日是"九一八"，是日本占据东三省的国难纪念日。我们的情绪，一方面是欢喜，一方面是悲愤。所以今天的典礼，是有庆祝开学和纪念国难两层意义。

先说本校本年度内推进校务的步骤。本年度进行的计划，是雪艇校长在上年度所预定的。从建筑的方面讲，图书馆工程即日地上兴工，工学院、法学院的建筑，亦定于本年度中开始。从设置院系的方面讲，本年度增设了机械工程学系，并且筹备农学院。机械是近代工业革命的来源，中国是工业后进的国家，而且在中部的地方，从来缺乏培植机械工程人才的学校。所以机械工程系的设置，是刻不容缓的，即机械工程系中之必需的设备，也是要尽力增购的。中国以农立国，现在又是农村经济破产的时期，我们应当在农业上力图救济的方法，所以我们筹办了农学院。还有一层，湖北棉花的出产，占全国棉花出产的三分之二，近来外货的输入，亦以棉织物为大宗，其价值有时占百分之五十，所以我们在农学院中又特别注重棉业改良的研究。

再说本校所应有的精神。兄弟觉得有三点应当注重。关于这三点，兄弟以前也曾经说过的，现在再为申述一番。

第一，须有切实耐劳苦的精神。古人有名言说：难字唯字典上有之。这是表现不畏难的精神，并不是说世上无难事。其实，凡是有重大意义和价值的事情，都是很难的。从国家方面讲，现在是一个民族竞争的时期，经验告诉我们：一个国家，如果不能自立，想人家不侵略，是做不到的。就令想要求他人的帮助，也须得自己有值得帮助的资格。再进一层说，即使到了大同世界之中，如果一个民族，不能担任它所应当担任的职责，也是可耻而且可危的事情。世界上的列强都已经有百十年的发展历史，我们是一个后进的国家，要想在短时期以内追上它们，非从各方面耐劳耐苦努力前进不可。况且，自从日本占据了东三省和热河，我们抵抗的志愿，不能算不坚强，然而到了现在，我们还没有收复疆土。我们为着要抵抗日本，消除空前的国难，更应当要埋头切实去做有步骤、有效果的工作。徒有志愿，是不行的；说而不做，也是不行的。尤其是在物质应用的方面，须得切实地求进步。凡此等等，自然都是很难的事情，但是我们不能因为难而就不去做。再从个人方面讲来，要成就一种学问，也不是一件容易的事情。古人所谓的囊萤、挂角、燃发、漂麦的故事，都是指示我们求学须得用功。大科学家如达尔文、门捷列夫，也都是用过几十年的苦功。无论研求哪一种学问，决不是走马看花、浅尝辄止所能得到结果的。固然，研究学术，应当注重兴趣之引起，但是兄弟以为这不过是在研究开始的时候所必需的，以后应当经过一段艰难困苦的历程，到了学问有了成就以后，又有融会贯通的快乐。如果一种学问之获取是过于便宜的，则其价值必不高，而且享用也必不久。这一段艰难困苦的历程，是应当在大学四年之中经过的。所以我们读书，不能怕麻烦、不能怕艰难。如果遇着一点麻烦，就生了厌恶心，或是遇着一点艰难就生了畏葸心，那就不会有成就。我并不是说：我们必定要把有用的工夫，花费在无用的、琐碎或枯燥的问题上去，但是所谓效能、所谓经济，那是说求学的方法，不是说求学的精神。如果有不畏困难的精神，又有减少困难的方法，自然有更好的结果了。

第二，应当保持团体的目标。一个团体，必定有一个共同的目标。如果团体的目标不能维持，则团体的秩序自然不能遵守。我们最终的目标，是研究学术，以求致力于国家社会。要实现这个目标，不能不图谋学校这个团体之生存和发展，不能不有一定的秩序要共同遵守，以利进行。十年以前，我们注重思想自由，近来四五年，我们注重思想统一。不但中国是如此，世界各国都是如此。不注重自由，无以求进步；不注重统一，则事无结果。我们现在注重思想统一，但是我们在大学里边，对于思想自由，也应当有相当的维持。大概说来，各人的性情、见解、历史、环境，以及其所专治的学术乃至其思想，都是不同的。"比不同而同之"，在事实上固然是困难，在理论上也未必是合理。所以，我们必定并且应当有不同的地方。然而我们必须注意：这个不同，不能危害到学校团体的生存和发展。如果危害到这一层，那么，我们原有的目标——研究学术以求致力于国家社会——就无从实现了。所以我们对于学校有利益的事情，都应当鼓励和帮助，对于学校有妨碍的事情，都应当禁止。

第三，综核名实，以保存固有的声誉。本校自雪艇校长经营数年以来，已经有很好的声誉。声誉是可爱的，但是同时又是可怕的。如果名实不符，乃是一件可耻的事情。因为声誉好了，于是隳废下去，使固有的声誉无以为继，更是可耻的事情。我们听见人家说好，也应当自省。我们的学校，应当求进步求充实的地方还是很多，不可因为有了好声誉便决然自足了。况且在京沪北平各处，大学甚多，在中部的地方，大学甚少，其为国立者，只有武大一所。所以我们对于在中部地区文化之阐扬，各种应用问题之解决以及工商业之发展，都负有极重大的责任。我们应当综核名实，使之充实光辉，名实相符，不至有声闻过情的耻辱，不至于有名誉低落的危险，这是我们所应当注意的。

此外还有关于训育的一个办法，也在此处报告。

本来大学的目的有两层：（一）知识提高，（二）人格培养。各国大学，对于这两个方面之注意，有轻重之不同。武汉大学对于这两点是并重的，这是雪艇校长从前已经说过的。上学期校务会议曾经议决：新生的训育，由教员分别担任指导（每位教员担任指导十人或二十人）。大纲已经拟就，不日即将讨论详细办法，以便执行。

总之，在今日艰难困苦状况之下，我们想图谋民族之复兴，想成就个人的高深学问，都须得于艰苦卓绝中求之。现在要研究学问，不是住在家里可以做得到的，必须要住学校，所以我们要维护学校。我们又应当保存而且发扬固有的声誉，舍实以徇名，固然是不好的行为；但是核实以符名，乃是我们所应当奉守的圭臬。这就是兄弟在庆祝开学和纪念国难的时候，所贡献的几句互相警惕之词。

本文是1933年9月19日王星拱在国立武汉大学开学典礼上的报告，标题为编者所拟，原载《国立武汉大学周刊》第175期

武汉大学要担负起救亡和进步的工作

王星拱

各位先生、各位同学：

今天是武汉大学举行一九三四年度开学典礼的一天，同时又是纪念"九一八"的国难。自从"九一八"事件发生，现在已经三年了。不但东四省恢复无期，而且华北还在危险状况之下。国际联盟非常任理事的资格，也不能取得，足见世界列强都漠视我们中国。……长江流域又受着八十年来未有的旱灾，哀鸿遍野，民不聊生。我们在这样的环境之下，应当有下述两项警惕：（一）一个国家，是不可以侥幸而图存的。假使我们在经济、学术、军事各方面，没有自立的力量，不但仇国要侵略我们，即使与国也不能——甚至于不愿意——帮助我们。（二）我们国家的元气，也经受了重大的损伤，我们不能再有消极的破坏，必须有积极的建设。现在不是我们优游容与过舒服日子的时候，我们应当以艰苦卓绝的精神，致力于救亡的工作。具体的办法，就是积极地建设。建设成功，然后有充实的力量，有充实的力量，然后可以救亡。学校就是造就建设人才的，这种方法，虽是较缓的，但是是有效的。

其次，说到武汉大学的本身。我们检查我们的工作，同时参考外面的舆论，有几处应当注意的地方。有赞扬我们的说：武大是后起之秀，又说：武大是已经上轨道的学校，以后进步就快了。这是自雪艇先生主持以来的计划经营，各位先生的努力工作，各位同学的用功读书，所收来的效果。我们仍须继续策励，不要使"后起之秀"成了一个"大未必佳"，不要使一个上了轨道的火车，再演出出轨的紊乱和危险。

还有其他的批评，可以供我们的参考，或者是经过我们自己的考虑，认为是应当注意的。

（一）有人说："武大只管外观的建筑，不管内容的设备，我们只看见他们天天做房子。"这是不正确的观察。我们自创始到现在，从没有轻视过设备。所以我们有一个委员会，叫作建筑设备委员会，并不是单独的建筑委员会。所以我们的图书仪器，也已经准备到相当的程度。不过在过去几年之中，我们实在是侧重建筑。这本是本校创设伊始原定的计划。我们认定了没有适宜的建筑，不能符合于一个近代大学的需要。但是现在逐渐地趋重于设备了。我们可以说：过去是侧重建筑的时期，现在是建筑设备并重的时期，将来是侧重设备的时期。

（二）又有人说：武大整肃的纪律有余，发扬的精神不足。教育部上次派来的视察，也有这样的批评，希望我们于百尺竿头更进一步。即如我们同学里面，也有人以为武大的生活太沉闷了，说得厉害一点，是太无生气了。但是这种情形，也有它的历史的根据。在几年以前，我们认定了就时与地二者而言，要使武大称为一个造就有实用人才的学校，无论是抵抗国外的敌人，或是拯救国内的民众，都非从切实工作的方面做起不可。整肃纪律，就是切实工作的一个条件。进一层说，凡是一个团体，近而至于学校，远而至于国家，都必须有纪律以规范其行动，才可以收到更高的效率。但是前进的精神，也是我们必须注重的。倘若精神委靡，事业做不成，学问也求不得。所以我们既要有英发的精神，同时又要有整齐的步伐。

（三）还有一层，是我们所应当注意的。理论和实验或应用，原是并重的。与这个问题有关系的道理，我们在别的时候已经说过。现在我们可以概括地说：依大学的标准而言，我们不能漠视高深的理论；换一句话说：我们不能把一个大学，变成一个职业学校，或是一个专门学校。但是现在是急迫需要应用的时期，我希望实科方面的同学，更加努力于实验的工作，把工厂、农场、实验室，当作我们的"甜家"，天天拿实验室来解决切近应用的问题。这也是我们应当注重的趋向。

（四）武大自从开办以来，历史还不长久，在这几年中，我们专在教学方面做工夫。但是大学的任务，不仅仅在灌输已有的知识，还要在知识的世界增加未曾发现的材料，所以教学和研究并重。武大的历史，已经有了几年，现在应当采取二者并重的政策了。近来又奉到教育部颁来设置研究院的训令。所以在本年度内，我们要增设研究院。用节省、切实的方法，渐渐地把研究院的规模树立起来。这也是本年度要做的事情。

最后，还有应当注意的一点。各国大学制度不同，有的侧重于知识之创造和连续，有的还要并重人格的培养。我们的学校是采取第二原则的。不但是教室、实验室里，要有一定的秩序，即在平素的时候，也要养成良好的学风。雪艇先生从前在这里曾经详细说过，现在我们还应当特别地注意。

总括一句说：现在是困苦艰难的时候，我们应当用艰卓奋发的精神，造就成为建设人才，来担任救亡和进步的工作。

本文是1934年9月19日王星拱在国立武汉大学开学典礼上的演讲，标题为编者所拟，原载《国立武汉大学周刊》第209期

抗战时期我们应采取的态度
和趋赴的方向

王星拱

各位先生、各位同学：

今天是武汉大学举行开学典礼，并补行"九一八"纪念的一天，各位想必都有深切的感想。在过去几年之中，上项典礼和上项纪念都是同日举行，但是，今天和过去五年之中同样的一天是大不相同。在过去五年中，我们把眼泪咽下去，往肚皮里流；今年我们的眼泪，是往外流了！不但流泪，而且流血！敌人的压迫，我们是不能再忍受下去了！我们要出气！……我们又须牢记着：我们要准备吃苦头。

武汉大学的精神，是努力服务、用功读书；武汉大学的风纪，是研究实学、恪守纪律。关于这一点，兄弟今天不多说，因为旧同学是已经知道的，新同学，是不久也就知道的。今天所说的题目，是在抗战时期——非常时期——我们所应当采取的态度和所应当趋赴的方向。

就采取的态度而言，我们——尤其是受过高等教育的我们，在平常时期，都偏重理智之分析，但是在非常时期，我们应当偏重——至少应当兼重——情绪之奋发和意志之坚定。我们知道：人类心理的动作，可以分为三部分：理智、情绪和意志。理智是指导我们道路的；情绪和意志是组成我们进行的力量的。我们的道路，是已经选定了，而且是敌人压迫着我们所必须走的一条路——抗战的一条路（即是不求战，而应战的一条路）。现在要从情绪和意志的方面，增加我们进行的力量。

先从情绪说起。无论有什么大难临头，我们不能存恐惧的心理，要把恐惧变成愤怒。从心理方面讲，恐惧和愤怒本是同一本能动作之消极和积极的两方面，恐惧是觉得对象可怕，愤怒是觉得对象可恨。恨到极点，自然无怕之可言。从生理方面讲，一个动物遇着强敌攻击的时候，先发生恐惧的情绪，由恐惧之感动，发生一种特别内分泌，由此种内分泌之刺激，发生愤怒的情绪，而且又发生抵抗的筋肉力量，这样发生的力量，比平常的力量高至十倍而不止。这还是就分子而言，若是整个集团——像我们民族四万万五千万人的集团——的分子力量，都照这个比例增加起来，那真可以塞乎天地之间了。

其次，说到意志。我们只要有百折不回、至死不变的意志，任何困难都可以克服，任何危险都可以抵抗。从伦理的研究，道德的训示上讲，我们的行为都应当以至善为依归。我们这一次的抗战，是为着保护民族生存而抗战，是为着维持世界公理及人道而抗战，这就是至善。为着依归至善而抗战，是有至深且远的意义的，是有至高无上的价值的！我们应当牺牲我们所有的一切，来依归这个至善的目标。至善的目标，是无可比较的。向着这个目标去进行，是我们的义务，是我们的责任。我们所有的一切，既应当都付在牺牲之列，自然更不能闹意气、争地位、图舒服、占便宜，以致损伤我们抗战的力量，妨害我们神圣工作之进行。

再就一个具体的事例，来说明情绪奋发和意志坚定之必要。在两国交战时期之中双方都有宣传，既是宣传，自然不免有言过其实的地方，这本是人之常情。但是，在我们和日本人这一次战争之中，敌人的宣传，其虚妄的程度，是远远超过于寻常宣传的标准——虚妄到万无可信的余地。例如，在武汉第一次被空袭的时候，敌人的飞机不过在离城市很远的江边抛下三个炸弹，而敌人的广播，竟说兵工厂、飞机场、军营、学校都毁成齑粉。两三星期前，日本人在北平所发出的新闻说，杭州已占领了，上海更不成问题，南京也即日可以占领。这真是笑话。反转来看看，我们自己的宣传，倒是真实可靠。为什么我们的宣传真实，敌人的宣传虚妄呢？这中间也有一层道理。因为：我们是抵抗敌人的侵略，时时要提心吊胆、刻苦自砺、互相奋勉、互相警惕，胜不必夸张，败不必隐讳。敌人的立场是不同的，他们是穷兵黩武，师出无名。他们所以要用虚妄过度的宣传的缘故，第一是恐吓我们的民众；其次是维持他们在国际上一等强国的架子；最后而最重要的是，欺骗他们本国的人民，以保全执政军部的地位。本来在战争的时候，我们只能听自己的话，树立我们的自信心。况且我们知道敌人宣传之虚妄，更不能轻听敌人的造谣，以致情绪为之颓废，甚至于意志为之动摇，而影响及于我们抗敌的力量。那是极其危险的事情。所以我们不听敌方的宣传，也是维持情绪坚定的意志之一种方法。

我们常把光来比喻理智的分析，把热来比喻情绪的奋发。光和热是两种能力，这两种能力的效用是不同的，光能指示路途，热能鼓动前进。同样的，我们可以把原子内储的能力——来比喻意志的坚定，这个放射的能力可以说是无穷尽的。我们有了坚定的意志，就和这种能力一样，可以发生无穷的工作出来。

再说到我们所应当趋赴的方向：我们——尤其负着介绍及发展近代科学的人们，在平常时期，都偏重物质之创造和补充，但是在非常时期，我们要偏重——至少要兼重精神之锻炼和警惕。在人类生存条件之中，精神和物质，不可偏废；无物质则无所依附，无精神则无所主持。国家自然也是如此。物质不发展至一定的程度，则必贫而且弱；然而没有精神为之主宰，为之推动，纵有物质，也是无用的，那就是说，"虽有粟吾得而食诸""坚甲利兵，委而去之"。我们的国家，是一个物质落后的国家，那是无可讳言的。我们的敌人，接受物质科学比我们早五六十年。近代犀利凶猛的战具，都是从物质科学应用到工业才产生出来的。所以我们的军备，自然是比不上敌人。假使我们的军备——飞机、大炮、战舰、潜艇等——可以和敌人相等，我们早已把敌人赶到四国九州了。回过来说，假使我们的军备可以和敌人相等，敌人早已不敢欺侮我们、压迫我们了。然而，在这一次抗战之中，我们还能够表现伟大的成绩，在上海方面的敌军，除了以租界为根据地及以海军掩护的江边以外，不能有寸土的攻取；华北本是敌人所认为他们的势力范围，但是，除了用欺诈的方法袭取平津之外，也不能有顺利的进行；至于我们的空军奋勇杀敌，更给予敌人以意外重大的打击。这是因为我们的政府在过去五年很短的时间之中，于物质方面，曾努力准备到相当程度；于精神方面，又曾加紧训练，所以前方将士，忠勇效命，而全国民众又皆同仇敌忾，于是才能够撑持得住现在的局面，决不是侥幸得来的。固然，物质方面，如果能有充实的准备，自然是最好的事情；然而物质也不是唯一无二的必需因素，而且敌人也不让我们在物质上有充分的准备。唯其因为物质方面有缺乏的地方，所以精神方面，更不能不有艰苦卓绝的毅力、牺牲奋发的热心来补偿它。我们这一次的战争，是拼命的战争，不是比武的战争！我们纵然打到死，也是不可为不义屈。有了这样的决心，最后的胜利，自然是属于我们的。

　　退一步说，就用物质来比较吧。我们的军械固然是较逊于敌人，然而经过政府几年以来的苦心筹置，也可以和敌人相周旋。而且近代战争中所谓物质，不是专指军械而言，换言之，近代战争，不但是疆场上的军事战争，而且是全国人民的整个经济战争。在欧战的时候，德国人在军事上，并没有经过重大的挫折，但是最后他们还是失败，那是因为在经济方面，他们无法支持了。我们确切知道，敌人的经济基础是极其脆弱的，他们依靠着价廉量大的工业品，经由国外贸易的路途来维持他们的经济生命。现在战事开始了，他们的工厂，都要被强迫去做与军事有关的工作；又因为原料减少，工人要服兵役，他们生产的能力自然要大为降低；生产降低，贸易自然减少；贸易减少，自然无钱可赚。而且敌人要输送大量的具有新式装备的军队，在别人国家的领土里从事战争，是要花费庞大的军费的。他们所需要的军费，比我们所需要的高出十五倍至二十倍，试看他们议会所迭次通过的预算就明白了。他们所需要的这样庞大的军费，都要从他们的穷百姓身上用租税公债的方法榨取出来。凡此生产降低，贸易减少，租税加重，以及物价高涨，债券低落等等情形，都是他们的经济致命伤，历时愈久，还要愈加严重。

　　再说我们自己一方面，打仗当然是要受苦，但是我们是受惯了苦的，现在为了保护民族的生存、争取民族的光荣，再多受点也算不了一回事。况且，我们的经济情形，没有经过近代的高度化和尖锐化。从短时间里行使力量这一点讲起来，这种情形，固然是一个缺陷，然而从长时间里拼命拖延这一点讲起来，这种情形，反来是一个优点、长处。我们的经济力量，是浩大而散漫的，只要用有效的方法统制起来，集中起来，可以说是取之不尽用之不竭的。敌人也知道这些区别，所以，他们总想在短时间内得着战胜国的地位而结束战争。因为不能实现早期战胜的奢望，于是采用各种无耻的、不正常的策略，都在所不惜。前方打不胜，就扰乱后方；不奈何我们的将士，就残杀我们的平民；疆场上不能得决定的胜利，就用虚妄的宣传来恐吓我们。如果我们恐惧战争，也想早期结束，那正是上着敌人的算路。我们要打定主意，长期抗战，把敌人拖到精疲力竭、不能有丝毫侵略的意念的时候，方才放手！

再从精神方面说，我们这一次抗战，是整个民族之意志的表现。在历史上，无论什么战争，都比不上这一次抗战中这样的精诚团结、一心一德；男女老幼、士农工商，没有不提起日本人就痛恨切骨的。国内的民意既然如此，我们再考察国际的空气和舆论，对于我们这一次抗战，也都表现充分的同情。不但英、法、俄、美和我们是真实的朋友，即如德、意二国，从他们的国策上讲来，似乎有可滋疑虑的地方，然而事实和言论都表现出来，他们仍然是切实帮助我们的。因为天下究有公论。我们为保护民族生存、维持世界公理与人道及国际和平而战争，自然是全世界人类所共同赞许的。甚至于敌人国家里面的人民，也有大部分是同情我们的，因为日本的侵略，是他们军阀要实现他们的世界主人翁梦想，不是他们全国人民所诚意赞同的。他们的农工阶级，都要把金钱和生命拿出来供给军阀的不知意义所在的牺牲。他们的资本阶级，虽然也是主张侵略中国，但是不愿用武力的工具。至于他们的知识分子、外交人士更是知道世界大势，是不容允日本军阀这样悍然不顾一意孤行的，不过在积威之下不能说话罢了。所以，我们这一次抗战，对于我们自己，是维护生存；对于世界上，是维持公理；就是对于敌人方面，也是吊民伐罪的王者之师。总而言之，全世界的人类，除了日本万恶军阀以外，都是和我们站在一条线上的。我们看到这种情形，在精神上自然得到极其恳挚的安慰和热烈的鼓励。

总括起来说：我们知识阶级的人们，在平常时期，要注重理智之分析，但在非常时期，要注重情绪之奋发和意志之坚定。我们素来负着介绍近代科学的人们，在平常时期，要注重物质之创制和补充，但是在非常时期，要注重精神的锻炼和警惕。我们这一次抗战，有至深且远的意义，有至高无上的价值。民族生存、世界公理及人道，是我们的具体的至善目标。依归至善目标，是我们的义务、是我们的责任。我们大学学生，应当做国民的表率。我们应当咬定牙关，撑起脊梁，抱必死之决心，争最后的胜利。我们相信：有志者事竟成，苦心人天不负，国难拔除，民族复兴之光明的旗帜，是树在前途等着我们的！

本文是1937年9月21日王星拱在国立武汉大学开学典礼上的演讲，标题为编者所拟，《国立武汉大学周刊》第287期

大学应负有养成实用专门人才的使命

周鲠生

各位同志、各位同学：

今天到这里对各位讲几句话，我所讲的不是党务或政治，而是关于武汉大学的建设和学生应注意之点。

我们知道，国立武汉大学是一个新建设的大学，它并不像北平大学、中央大学和广东的中山大学，有长久的历史和丰富的设备。固然，武汉大学是由过去的武昌大学、中山大学产生的，但因为历年来政治的变迁、经济的不稳，连先前的一点基础也几乎扫除净尽了。但是，武汉大学已经在这最短的几个月之中，把一个新的全国四大学区之一的武汉大学建立了；在政治的协助和校长及各教授的努力之下，以及各位同学的热心向学，一个新的大学的模形已显现出来。但在这里，在武汉大学的将来，不得不注意几件事：

（一）确定学校经费。武汉大学的经费，原是由武汉政治分会担负的，以后要划定一笔税款，由中央承认拨给。

（二）进行校舍建筑。本来，一个大学能在文化上担负它的重大使命，最初，在环境上是有它的基础的。武汉大学已经决定在洪山附近建立一个新的校舍了，建筑委员长是李四光先生。核定经费是一百五十万。现在，在三月一日已经开始动工了。经费已经领到一部分，建筑师和工人们已经开始武汉大学的新建筑了，大概在一年内可以完成。我希望这个校舍完成之后，诸君可以在一个新的环境去讲学求学。

（三）扩大校内设备。武汉大学设备的不完备，这是不容讳言的。所幸在这个时候，本科学生尚少，大多数都是预科学生。我希望在这半年内，武汉大学要努力扩大设备——如图书馆、仪器各方面的设备——以供研究或实验的需要。

（四）添聘专门教授。武汉大学因为环境的关系，很不容易延请国内专门学者到这个地方来讲学，不过，以后的政治或许比较安定、学校设备完善，我们希望能多罗致国内的专门人才到此。

此外我们还要注意几点：

第一，就是大学不仅是研究学术的处所，而且负有养成实用的专门人才的使命。在中国的现在，为社会服务的专门人才尤要多从那里产生。一个真有用的人才，不但须具备完备的学问知识，而且在道德品性上，应有充分的修养。我们不但要保持中国固有的道德，如总理所讲，并且要学外人之所长，比如守秩序、恳切、正直诸德性，在外国是很普通都有的，但是在中国则不然。我偶到中国各处一看，没秩序、摆面孔、不正直的态度到处现出来。比如在火车、轮渡，看到不必拥挤的拥挤；在办事处、在各机关，见到不必要的摆架子、无礼貌。这些事情，恰与外国的情形相反。我记得，当初在国外学校上学的时候，要请教员指导，最初想，他们一定嫌麻烦，但是意外地，我却得到恳切的指导、意外的帮助。这种恳切和有礼节的态度，在中国容易见到吗？不过，这些习惯是要训练的。我们要在学校里养成良好的习惯并濡染到社会。

第二，就是要提高社会文化。我们已经知道，大学是担负了社会文化的责任，那就是要把优美的文化、高深的知识向社会传播，把社会思想和文化提高。这个使命，无疑的，武汉大学要担负起来。

另外一点，武汉大学所要注意的是：知识社会化。什么是知识社会化呢？那就是说，知识是要成为社会的宝贝，不是作为个人的工具；知识是为大多数人增福利，不是为私人造势力。以前在两湖，我们听过"打倒知识阶级"的口号。打倒知识阶级的意思，要是说消灭社会中有学问知识的人，那便是社会的自杀。但是，假若用学问知识成为个人的工具，拿这种工具在社会上造成一种特殊阶级，那便是一种新的剥夺阶级，这在社会也是不应该存在的。所以"知识社会化"的一点，我们应该认作大学的精神；大学有这种精神，乃算得真正革命的建设事业，乃有它的社会的价值。因而在任何政治环境之下，自己可以站得住。

本文是1929年3月4日周鲠生在总理纪念周上的演讲，标题为编者所拟，原载《国立武汉大学周刊》第12期

大学之目的

周鲠生

诸位同事、诸位同学：

前几天任鸿隽先生在这里演讲"大学之目的"，我现在也想再讲这个题目。不过，我的观察点是在乡村大学与都市大学比较一方面的。中国早年有些教会大学，如北方的燕京大学特别设立在郊外乡村间，建筑宏大的校舍；又如国立的清华大学，也建设在乡村中间；近来本校也在这郊外珞珈山从事建设。这种在乡村建设大学的趋势，很引起学术界和教育界的注意，都以为一个大学，必要有新的环境，在山明水秀的地方，才合条件。因此，校外有许多人士当称赞我们学校的时候，也以为全国的大学，都要搬到乡村中间去才好。从前蔡子民先生在北京大学当校长的时候，也曾计划预备搬到西山去，并在西山买了一块很大的地皮，但当时因为经费太困难，学校都几乎无法维持，所以终究没有实现；到现在，凡是与北大有关系的人都是引为遗憾的。再如南京的中央大学，也曾有迁往中山陵的议论，前年在本校教过书的罗家伦先生就是极力主张的一个，本校王校长（即王世杰校长）也是如此主张。大家都好像以为大学办在乡村里，乃是天经地义的原则。但我个人却很反对，这种议论愈盛，我的反感便愈深，虽然我又是赞成武汉大学迁移到珞珈山的一个人。

我觉得，现代的大学是有它特殊的性质的。我们用客观的见地来观察现代的大学，它应该有三个重要的使命：

第一，造就人才，大学生毕业后大多到社会上服务，充当各方面的领袖，甚至于做官吏等等。

第二，提高学术，有的大学生专事学术的研究，不以做事为目的，这样，对于学术方面而自有相当的贡献，但这种人却为数很少；不过，事实上也不必多，因为纯粹研究学术的人一多，则做事的人都没有学问，而有学问的人又都是书呆子了。然而这种人又很重要，如各种专门问题，都非要他们不可，关系于社会国家的发达者很大。

以上两种使命可说是一般的目的，对于大学设立在乡村中间并没有利害关系。但我觉得在这两者之外，还有第三个使命，却是与大学建设在乡村间冲突的，就是社会的使命。我们的大学，除了造就人才和研究学术之外，还要影响社会，要做社会改造的动力。要履行这种社会的使命，大学便不应与社会离开。欧美的大学大多是很接近社会的，他们处在都市里面，和博物馆、图书馆一样，为一般社会人士所接近。尤其如法国的巴黎大学，更为社会化，教室内上课，任何社会的人们都可以自由进去听讲。这固然表示他们一般的教育程度之高，但藉此也可见他们的大学与社会接近的程度了。欧洲的大学，除牛津、剑桥几个比较老的大学以外，大都是建设在城市中，尤其是巴黎大学，几乎成为社会一般交际的场所，大学生与社会人士是时常接近的。我们知道，国内的北京大学，在学术上的成就姑且不说，因为目前中国的学术根本谈不到怎样，但北大对于社会影响之大，在思想解放上、政治运动上功绩之大，是什么人也不可否认的事实。假如它早年就搬到西山去了，也许学生的物质生活可以比较安适，而它对于社会的影响恐怕就没有那么大。

　　至于燕京和清华大学却为什么在郊外呢？燕京大学是教会设立的。教会学校原来（现在也许不同）的目的只是为教会造人才，为外国人关系事业造人才，并不预备对于中国社会改造上有什么贡献，所以它无须设立在都市中心。清华大学则在设立当初只是一个中学性质的学校，而且是预备出洋留学的一个学校，为了练习英语及谙习外国习惯种种的方便，以离开中国社会愈远愈好，所以设在乡村中较之在都市为适宜。至于北大、中大，那种大规模的国立大学，应履行近世大学全部使命的最高学府，如果也都要移到乡村里去，那就不对了。就地位说，现在南京成贤街的中央大学，立于首都的中心，地方也很大，附近尚可以充分发展，一般社会人士可以随时参观、听讲，如果一搬到中山陵去，那么，就只有坐汽车的人们才能去瞻仰，普通的人就不免向隅了。我以为一个近世的大学不应该设在郊外，国立大学尤其不应该。

　　然而武汉大学之在郊外新辟校址，我却又是主张最力的一个。理由有两点：第一，因为我们旧校舍的物质设备太不好，地方又窄狭，不能发展，而且环境太恶，我们的大学系新创，基础未固，恐怕不唯不能影响社会，还会被社会同化，这是我们要迁移的第一个目的。第二，如李四光先生等都是这样主张，以为中国现在太没有建设的工作，尤其是教育方面，因陋就简。外国人办的学校是那样注重物质的设备，也许精神方面它的功课并不完备，而国立学校则适得其反，对于建筑设备，多不注意。这样相形之下，更见中国教育建设之没有计划。就武汉本地而言，清朝时代张之洞在这里的建设工作是不容否认的，虽然他是一个官僚，但湖北大部分的建设，都是他的首创。民国革命而后，便没有什么建设可言了。不唯不建设，而且连旧有的建设还破坏很多。现在我们要努力建设这个武大，就是要做一个榜样给国人看，让国人认清楚，建设并不是不可能或太难的事。再干脆说一句，我们就是为建设而建设。但是，武大现在虽然建设在离开社会的山野，我们究竟不是与现实社会绝缘，我们不要忘记了我们的社会使命。

现在武汉大学校舍，大部分已经建筑成功，因此在上星期中我们有一个很隆重的落成典礼。当时有蔡子民、李仲揆、刘楚青各位先生远道来参加，给了我们不少的鼓励和指导，我们大家都是觉得很快活的。不过在这快活当中，我们却有两点要冷静地回头想想：

第一，成就一件事业，不是很简单容易的事，就是现在武汉大学这个小局面，这个还有许多缺点的小局面，都是经过许多曲折才成就的；如上回校长所告诉我们的，我们得着上述几位先生的帮助很大。除了校内的各同事，从开办以来经数年不断的努力，冒许多的困难，对于本校现在局面的造就，其功绩都不可否认外，就是校外人士，也尚有许多在实际上、精神上给我们的帮助也很大。例如蔡先生这回来到本校，各位才从校长处听到他对于本校帮忙的情形。现在，特别要注意的就是，蔡先生把我们大学决定为国立大学那点，那足见他对于本校很费苦心。武汉大学初提议设立的时候，究竟是省立或国立？性质并没有确定，实则名称也没定。而蔡先生在裁可这个议案的时候，即时决定为国立大学，与北大、中大等并重。这虽然是形式问题，而究竟是很重要的。鉴于湖北省政府变动之频繁，湖北教潮这样纷扰，我们试想，假使武大是省立的，便很难平和发展到现在局面；而且有许多教授们也不会来教书，有许多同学也不会来读书；不但外省同学有许多不会来，就是湖北同学也必然有很多不会来的。这一点，可说是蔡先生对于本校最大的功绩。此外，还有校外许多人士在精神上或物质上给予了我们以帮助而各位尚不知道的。我们的学校所以引起校外各方面人士的注意与援助，一方面因为同事们诚实的努力，另一方面则因为知道本校讲纪律与求学的精神，虽然不敢说是全国算第一，但至少也不会亚于国内别的好的学校。我们大家应当更加勉励，以期毋负社会的期望。

第二，我们在这个新校舍落成的局面之下，不是大功告成，而只是事业的开始。我记得数年前，在金陵女子大学的校刊上看见一个学生写的一篇文章，内容大意开始是描写她在学校里的快乐情形：生活的安适，物质设备的完美，环境的幽雅，最后她却来了一个"但是"，她说，虽然我在学校里享受了这几年的好生活，然而对于我又有什么用处呢？我出校之后，又怎样能够去解决社会的问题呢？而且说近一点，又怎能解决自己的生活问题呢？其实，这种感想，恐怕在壮丽的校舍里的大学生很多不能免。希望我们的同学不会做同样感想。我们的建筑固然完善，东湖的美丽，固然能给我们很大的快感，但它对于我们的学术上究没有什么益处。作诗的人，也许能因它增一点诗兴，但对于科学方面就完全无关系了。我们大家在毕业前可以想到这些问题，如果一想而失望，那就没有办法了。吴稚晖先生从前批评一班没出息的留学生，说他们胡乱往外国混了几年，英文半通半不通，算学半熟半不熟，结局是一无所成，虽则外国读书的环境很好。我希望大家在享受珞珈山新校舍设备的同时，不要踏上那个覆辙。我们要利用我们的好环境，诚实地在学问上做工夫。因为我们有了这个好环境，我们更觉得责任重大，更要加倍地努力。

本文是1932年5月30日周鲠生在总理纪念周上的演讲，原载《国立武汉大学周刊》第130期

要将武汉大学办成怎样的大学

周鲠生

诸位先生、诸位同事:

今天本校补行开学典礼。抗战胜利了,大家都以兴奋的心情,对国家的前途、学校的前途,抱无限的希望。八年来的抗战,诚然是很困难的,但这些困难在今天并没完全去掉,许多事情都尚不方便!因此,大规模的开学典礼,还不能像在珞珈山一样地举行。记得在从前开学典礼的时候,其中有一项重要的节目,那便是介绍新教授。这些新教授要乘那个机会给同学们一次讲演,既增加了参加典礼人的兴趣,也给同学们很多益处。今天,虽然教授名单上增添了许多位教授,但是因为交通不够方便,已经到校的只有三位:一位是孟昭礼先生,工学院的教授,在本校服务一个时期后,又曾在西北工学院、西北农学院和重庆大学服务过;一位是李儒勉先生,曾在本校外文系教过书,以后去英国研究,回国后历任本校教授及在英国大使馆新闻处服务,现在仍旧回到本校外文系教书;再一位是周如松先生,原是本校毕业同学,担任过本校的助教,后来赴英国研究,回国后历任华西大学及复旦大学教授。至于文学院方面的陈逵先生、李剑农先生,法学院方面的韩德培先生、张培刚先生、吴保安(于廑)先生、赵理海先生,都因为交通工具的困难,一时未能到校。理学院的新教授许宗岳先生,已由美国到重庆，但因事不能马上来校。已请定而未到的尚有工学院方面聘的教授陈翼枢先生、曾启新先生、赵国华先生、余家洵先生、石琢先生。另外接洽中的教授，在法学院政治系有林传圣先生，经济系有方善桂先生，文学院哲学系有任华先生，这三位先生现亦均在美国。

要想维持武大的长久历史，就必须充实学术，就必须加入新的人才，用新的人才来充实学术文化。关于这一点，各位院长、系主任先生都注意到的。当明年迁校以后，教授团的阵容，不但要重整，而且要一天一天扩充起来。这是我们的希望，在希望之中尚有一点，不能不说明。在抗战期中，本校各院系已经感到教员的缺乏，尤其许多旧教员离职，亦有少数的死亡。现在抗战结束，又忙复员，政府为了接收收复区的工厂及其他事业，不断地到一些大学的理学院、工学院找专门人才，这种情形也不只本校受影响。这样一来，教员自然少了，教课自然感觉困难了。我们想象以后这种困难情势也许会更增加，那时还望各位能够了解。关于这方面的情形，本人在教育复员会议上曾有过剀切的说明，唤起政府当局注意。

关于本人到校以后的任事计划，有四点要报告给各位：

第一件事，是调整行政机构。在一个大学里面，行政机构应该是较小的一部分，而学术工作才是主要的一部分。不过行政机构如果不灵活，无论教书和学术工作，都要受到影响的。学校因为抗战的影响，以致行政效率，远不及八年以前，历年在负责的各位先生也均有同感。战争既然结束了，一切当要纳诸常轨，研究的效能需要恢复，人事和机构的问题，也必须重新加以考虑。现在虽调整略有头绪，但不能说十分满足。困难的情形是在：一来本人缺乏办理教育行政的经验，二来中级干部也因为种种原因形成缺乏的现象。本人现在只有尽力去做，还希望各方能够用合作的精神，减少行政困难。

第二件事，是改善教职员和学生的生活。在教职员方面，熬过了八年的苦，我们读书人虽然是安贫乐道，但政府究不能叫教职员枵腹从公，也不能看同学们长此营养不良。前次教育部次长来校视察，已经亲自考察过同学们的饮食，认为不满意；而本人在未到校以前，也曾对朱部长表示过要及早改善员生的生活。在教育部尽管有统筹办理上的困难，但一步一步加以改善是必需的。好在现在政府对员生的待遇已经增加，本校自身亦当尽经济力量能做到之范围内，对教职员福利和学生生活设法改善。

第三件事，是增加教学的效能。抗战中，大学的教学效能是远不如抗战以前的高了；用合作的精神减少行政困难，远不如抗战以前的高了。对于我们武大的教学效能，比起他校来，虽不算差，然而同事和同学仍都感觉到不满足，尤其对于缺课一层。缺课固然自有其种种原因，但是太影响学术工作和整个的学校风气。现在抗战结束，经济生活亦有改善，便应该回到常轨上去。倘若现在不求增加教学效能，那么，将来改善的困难必定很多，这一点，除唤起同学们切实注意以外，还要请院系方面制定改善的方法。

第四件事，是关于本校复员计划。当本人八月间离开重庆的时候，就曾和同事们商量，等办完招生以后，立刻准备复校的事情。不久战争骤然结束，更使人们不能不积极筹备复校。现在复校委员会已经成立，委员们大部分仍旧为当年主持迁校来嘉定之先生们，准备明年夏天迁回珞珈山。上次的迁川，是分批来的，大家都有逃难的意味；这次下去是有组织的复员，就要有计划地下去。而人员比从前增多了，交通也许比从前更困难，最迟在今年年底就要有人下去布置一切。图书仪器，在那时要装箱，教课方面也需要调整一番，以便在明年四五月后可以结束课业。在这一次的教育复员会议上，政府表示对于各校物品的迁运费用、教职员的迁移费用和伙食费用，由公家统筹支给，原则上都有了决定。另外对于各校校舍修添、设备补充，也曾经考虑到。本校所提复员概算是二十万万元，而运输费用，尚不在内。内迁大学迁移费用的总额，想来是一个很惊人的数字。

更大的困难，要算交通工具的问题。本人向政府当局表示过：学校复员与行政机关复员不同，机关复员，普通只要迁移职员和档案，而学校复员，除需要迁移教职员及档案外，尚有成千的学生、图书仪器和机器都要迁移。倘若没有交通工具，就是有了经费，还不是纸上谈兵么？交通工具问题最困难，非政府各方面都能协助是很难解决的。而且复员经费说是要到明年才能支给，那么，年前派人下去整理校舍就需要钱，这又怎么办呢？希望诸位能够了解这种困难，恐怕到了迁移动的时候，许多事情还要动员全体的教职员生来推动，届时还请诸位多多协助。有了交通工具，有了钱，再加上人力，那就可以好好地迁回去。在另一方面，现在湖北省政府、第六战区司令长官部、军政部都来电表示协助保护校舍，武汉区教育复员的督导专员辛树帜及陶因两位先生也曾经来电报告，校舍大部完好，水电也尚在。我们的武汉校舍，经过八年的抗战中的沦陷，而得如此保全，的确是最可欣幸的一件事。以上是计划当前要办的四桩事情。

其实，武大基本的任务，还是在学术的发展。我们的努力应当一致朝着这目标进行。这且留待以后有机会再谈吧。

在这一次的教育会议里，虽然目的在当前的教育复员及善后，可是到会的教育家们，是难免要讨论到教育的根本方针的。有三个问题涉及大学教育的根本方针，值得特别提出来。

第一个问题是：将来的高等教育，是趋向于平均发展呢？抑还是集中几个少数的学校来充实呢？一部分有力意见认为：平均发展固然有它的好处，不过站在讲求学术的见地，是当然选择那些设备好、教员好、环境也好的学校来充实的。到处开学校的结果，反倒无力来补充好学校；与其多办学校，实在不如集中几个比较好的学校来充实。假如教育当局是采纳了后一种的办法的话，那么，很明显地，我们的责任就加重了。尽管我们的设备和师资都好，倘若不能容纳更多的学生，又怎样能负起一等大学的责任呢？武大原来的建筑只能容纳一千人左右，在将来至少要办到能够容五千人，甚至于一万人。美国的朋友问起武大有多少学生，我们勉强地说有两千人，而结果仍是使美国的朋友们失望；美国许多小的大学或学院都有一两千学生，普通大学，学生总在一万人以上。姑且不问教育当局究竟采纳哪一种办法，我们的学校应该注意质、量并重，大家对于这种可能的扩张，便应当有准备。

第二个问题是：现在的高等教育是应当注重应用呢？还是应当理论与应用并重呢？过去几年，政府似乎是倾向于前一种方针。比如留学生的派送，只是一味在偏重实用人才；就学科说，政府的政策亦有尽量提倡实科，压缩文科。在政府方面，因为需要技术，走这条路也许是不得已。但是，站在学术教育的立场上说，这实在是不妥当的。我们知道，有一位先生，两年前曾想出国去研究原子力，当时教育部以为这不是抗战所急需的，竟没有允许，等到最近原子弹打到了日本，大家才恍然大悟：原子理论的重要。又比如法律系在从前限制招生是那样的严，而现在却开了双班，还嫌不够。今后政府方面，将继续以前的做法呢？或者不呢？蒋主席在双十节《告国民书》上曾宣布教育方针为理论与应用并重，可见政府方面将来的动向了。武大今后的政策，对于理论尚要多注重。本人同各院系负责诸先生，也照此目标努力做去。

第三个问题是：对于高等教育是注重整齐划一呢？还是让它自由发展呢？过去多年的政府的方针，亦似乎倾向于前一种。大学教育的整齐划一，推到极端，确实妨害了大学教育的发展。这也不单是同学感到困难，办行政的人同时也感到困难。现在教育法令如牛毛，而学校课程及组织，处处受法令的限制，各大学不能就各自特有的设备、人才及环境发挥所长。如果要一个校长一天忙于看表册、阅公文、盖图章，又哪会有心力推进学术工作呢？记得在教育复员会议上，本人曾经说过："在从前，蔡元培先生提出过'行政学术化'的口号，不料在现在却是'学校衙门化'了。"现在的教育当局也了解这种情形不对，打算调整法规，使大学教育有自由发展的机会。这是很好的，要知道，一个大学的学术工作乃是基本，而学校行政，不过是辅助学术工作的进行。我们今后应当本着这种精神，使本校一切避免衙门的习气，维持学术的尊严。不然的话，就是一个一等的大学，在学术上站不住脚，地位也会降低下去的。

本文是1945年11月5日周鲠生在国立武汉大学开学典礼上的演讲，标题为编者所拟，原载《国立武汉大学周刊》第353期

克服困难，办好武大

周鲠生

各位先生、各位同学：

　　今天是本人同各位在本学期和本年的第一次纪念周中讲话，我想各位希望要听我说的一定很多；同样，本人要想说的也真是不少，但因为时间的限制，却又难以说出许多来，好在今后有的是机会，随时都可以在一道谈了。

　　回想自一九四六年二月间起，为了复校，本人离开了乐山，这十个月来，到处奔走，在校的时候，实在较少，尤其是本学期迁回到珞珈山开学，大部分时间都不在校内。这，我不能不感谢诸位同事先生切实负责从公的精神，在校长不在家时把应做的事都分别做到了。各同学来到这新的环境中，一切也都能很合理地上了轨道，而成为一种具备规模、意义高尚的生活，这是学校很好的现象，很值得安慰的。当然，一个负有职责的校长时常出外，我也认为是不太妥当。不过在现时政治经济社会……各方面遇到了许多不得已的情形之后——尤其是复员期中的现况下，有些非得要分别亲自洽商不可。所以这个到校外去的工作，又实在并非本心所愿。可是校长公出，而各方面均能依旧照常前进，这种公诚的和谐作风，就是武大的特色。一个大学不因为校长不在校或人事更动而发生行政停顿状态，也正是学术机关应有的特色。

　　此次赴京数月，除校务的洽商外，最大的任务是参加国大制宪，这是国家民族的一件关系最大的事，到今年年底宪法就要实施了。今天因为时间的限制，关于宪法，不能详谈，留待以后有机会再讲。不过今年行宪，还得要好好地准备，大家应该注重真正的民主精神和自由涵义，比方参政人员，如国民大会代表、立法院委员、监察院委员，各方面综合计算，就是选举几千人去负责。而建国事业万绪千端，民主要负责任，民主要有牺牲，这不是偶然得来的。所以行宪关系，非常重要，大家都得要养成民主的风度才行！

　　本校由川迁鄂，困难繁多。由于次序排列在各大学之后，交通方面更多问题，自去年四五月间起，八个月来，员生东下，可说都受尽千辛万苦。现在大家安全到达，公物从木排运回的亦没有损失，这件艰难的任务，很幸运地完结了，真是不能忘却这大家共同努力的成就。当初回来，这珞珈山房屋破坏、荆棘纵横、校具设备一空。那些零乱迹象回想起来，真是无限感慨！而且那时候此地敌俘仍是不少，我军也有很多，秩序混乱，顾虑纷繁。赖复校委员会同仁艰苦奋斗，尽力应付，今则房屋完整、水电恢复。当时，最先来珞珈山的赵师梅先生，就是吃苦最多的一位；湖滨冒暑督工修建的文拱之先生，对于水电设备，更出汗不少。诸位要知道：天下大事业都是从困难环境而来，不是凭侥幸可能得到的。在求学的时候，就应该学习诸师长苦干的服务精神，将来到社会更应如此去发扬光大！向来外面都说本校校舍很完好，可是事实则不尽然，以致所谓锦上添花之成见，影响本校进展不小，而且今后的事业，亟待推行者尤多，人家哪能真正了解呢？我现在举出三点来：

　　第一，经费问题。本校复员修建费，先后奉教育部核发：第一批十亿三千万元，同时由教育部另垫发两亿元，第二批加拨四亿元。这些大部用于旅运费方面，而实际其中指定为旅运费者只一亿三千万元，至房屋修建及校具设备，需费既多，而结余无几，当时至感拮据。后奉补发第三、四、五批计十三亿元，总数为二十九亿三千万元。最后两批，最大部分须用于农、医两院的修建，似此今年的经费，必又遭遇困难。因为，事实上我们的校舍住宅，缺欠尚多，理工实验各室设备装置，均待恢复，这些一般人哪会明了呢？其次，经常费全年现数为一亿多，分配下来，每月只一千余万，可是上月份武昌水电厂结算电灯费就得一千多万，即使把全部经常费用来开支，也难得维持水电，像这情形，三个月之后，就要没办法了！其他的国立大学如北大等又何尝不是如此困难呢？这真是我们的第一个问题，所以大家现时都得要注意节省！比方使用水电，更当珍惜。这些小处，都是很重要的地方啊！

第二，房屋问题。现在学生人数达到二千、住家教职员在一百户以上，原有住宅与实际需要，不敷甚巨，因于和战前比较，学生增加了三倍，教职员超过二倍，一时无法容纳。学生宿舍由每室二人住四人，也还是挤不下。而且教员把东湖中学都借住起来，但本年它要恢复开办，这本是私立学校，教职员子女也需有中学读书，我们又怎能长住下去呢？这也是我们的一个问题。因于学校计划支配，既要顾及经费，又要注意生活，要在两难之中找出办法，很觉困难，不过比较有些其他国立大学，又稍胜一筹哩！

第三，师资问题。大家都说本校人才很多，可是为了复员的关系，或因生活环境，或因学术需要……这些公私错综的原因，致人才不敷分配，差不多成了普遍的现象。有人说，可以到国外去敦请留学的青年学者，殊不知困难也多，旅费固然是问题，而个人的生活，教学的设备，更为重要，尤其是理工方面的教师感觉设备不够——加上美国的工潮，数月来交通不便，就是已经聘定的，短时间内也不易到校。不过，武大向来是有良好的基础，当然要设法去克服困难。现在农、医两院正积极进行，人事均已聘定。联总拨来的设备，亦已运来汉口，不久即可运到。至本校在乐山的时候，已经开办与美国海军合作的天空电离层测候站，亦已移到珞珈山工作。像这种种，不仅需国内人士帮助，而且还要借助国外的外助力才能实现。然而本校各位先生，无一不在为了这些，分别努力地计划进行着。武大环境极好，很能发展，所以大家也愿意切实共同帮助。

最后，学生自治会已告成立，教育部原有办法规定，大家要照着去做！现在初次试办，也使组织健全力量集中。民主是要负责任的，不可滥用组织，分散力量，希望你们拿事实来证明。大家知道：武大的历史，是有声誉有地位，不仅在华中为然，所以你们更应该在领导方面，做到走向正大的路上去！这才是你们的责任，同时也是关系各位和本校最重要的一件事。

本文是 1947 年元月 6 日周鲠生在总理纪念周上的演讲，标题为编者所拟，原载《国立武汉大学周刊》第 363 期

武汉大学应肩负起建立华中学术文化中心的使命

周鲠生

今天是本校第十九周年校庆日，同时举行本学年开学典礼，下午本校医学院附设医院也正式开幕。这是我们学校最欢欣而热闹的一天。去年的校庆，本人因公赴京沪未能参加，这次由京赶回，和全校师生共同庆祝，不胜欣幸。今天讲话的先生们尚多，时间不容许我多说话。但是有几点意思，我觉得应当藉这个庆典机会，向大家说说。

武汉大学在国内是个新兴的学府，大家都知道创业艰难。凡属一种新事业的成功，总有许多因素，而人的因素则确是其中最重要的一种。本校创办，至有今日之规模成效，得力于不少的人的工作或帮助。有的人已经作古，值得我们永久纪念；有的人尚在世，我们要承认他们的贡献，并且尚希望他们继续帮助。我是自始即参加本校创办的一人，对于这些人过去对本校的功劳或帮助知道比较清楚。现在，举出几位特别关系重要的：

第一是已故刘树杞先生。他在一九二八年掌湖北教育厅的时候，首先提议在武昌重新办大学而得到当地政治分会及省政府的热心赞助。刘先生亲自主持，筹备武汉大学，并在短时期内兼代校长，本校之初基于以树立。

特别有理想、贡献的则是李四光先生。李先生在武汉大学筹备委员会首先提议以一百五十万元巨款于武昌郊外另建新校舍，改造环境。在当时一般人看来，那个计划过于理想。假设没有李先生那个理想，恐怕武汉大学不会有珞珈山壮丽的校舍，今天的校庆还要在东厂口旧校舍举行。

真正实现李四光先生的理想而创立本校规模的，则是第一任校长王世杰先生。王先生于一九二九年由京辞官来主校政，当时学校尚在东厂口，珞珈山新校址圈地手续尚未办了，而所谓新校舍之建筑费一百五十万元中，实际领到的只有二十万元，加以省政府已改变，情势变迁，一切都有落空之象。王先生在最困难的时期就职，不到一年，珞珈山新校舍工程居然开始，再过两年武汉大学居然迁到珞珈山新校舍授课了。及至一九三三年，王先生因被任为教育部长离开学校，本校建筑设备以及制度、人事都已树立规模，我们继任的人，至今大部犹可说是萧规曹随。他对本校创建的伟大功绩，真是不可磨灭的。

至于校外的人，对本校创建最有帮助的，第一要推已故蔡元培先生。蔡先生当时任大学院长，对于我们筹备武汉大学，异常有兴趣；凡我们所提议或请求，几乎无不答应，并且自己积极负责办通。尤其值得记忆的，最初湖北教育当局提议改建大学，对于新大学的性质，颇偏于省办，然而，首先决定必须避免地域性而明定为国立的，是蔡先生。这一着，十分表现蔡先生在教育上眼光远大，而其对于本校基础的确定及其前途发展，关系再大没有的了。

其次，是已故谭延闿先生。在一九二九年王世杰先生由京赴武昌，就本校校长职的时候，湖北政局已变，学校建设经费根本发生问题。谭先生当时任行政院院长，很热心地协助我们，令省政府继续担任拨款。而且中间因珞珈山新校舍圈地问题，学校与地方发生争执，谭先生在行政院亦完全支持学校，致圈地之事能如原定计划完成。这些都是于本校创建成功最关重要之事，谭先生在这一方面对于我们帮助之大，很少人能想到的。

学界上对于本校最有认识的，要推胡适先生。他认为武汉大学珞珈山校舍设备是国内最值得称许和赞助之一个新建设。他曾经对一位在北平的美国朋友说，你如果要看中国怎样进步，可以去到武昌看看珞珈山武汉大学。那位朋友有一年果然来到本校参观了。胡先生在许多地方帮助本校，如关于战前中美基金会的捐助，最近李民基金会的奖学金，他为本校说话最有力。最大的帮助，还在他不断给予我们精神上的鼓励和友谊的批评。此外，校内校外的人，对于本校有贡献的，自然尚很多，这里不能全述。

对于本校的创建和发展，多年校内同仁的努力和校外朋友的帮助，是有重大意义的。这个新大学的使命，不只是一个好的、普通高等教育机关，而且要建立华中学术文化的中心。在近代历史上，武汉曾经造成过学术文化的中心；而从地理上说，武汉自然亦居于中心地位。大家都记得，清末举办新政，在教育文化事业建设上，武汉与天津、上海实成鼎足而三的局势。中部诸省的学子、讲新学的，多要到武汉留学。那时候，武汉可算是华中学术文化的中心。辛亥革命以后，大半基于政治原因，武汉在学术文化上之地位，一落千丈。后来，虽然也有高等教育机关继起，人们总感觉武汉成了文化的沙漠，无论如何，一切赶不上平、津、京、沪。从种种见地上着想，这个缺陷必须填补。今后，武汉的教育界应当大家朝着建设华中学术文化中心一致努力。武汉大学依其环境设备规模及其所居地位，特别负有履行这个使命的义务。

过去一年，本校忙于复员，尚不及积极从事学术的建设，现在复员工作已告完成，学术工作即须开始。大学是一个学术机关，不是可专以环境建筑或设备骄人的，我们应当有学术贡献表现出来。本校既然有这种优良的环境，今后务求设备充实、人才集中，使学术研究可以推进，许多文化事业也可以提倡。武汉大学除了为国家社会造就人才之外，应当更进一步地制成学术研究的中心，形成文化思想运动的一个原动力。这正是本校今后要努力的使命。

本校是在继续发展的，今年的校庆日，学校的局面显然胜过去年。尤其本校第一次有医学院，完成了文、法、理、工、农、医六院的计划。学校日臻安定，大家应更求进步，希望明年校庆，在一切更进步的状态下举行，大家更加欢欣。

本文是 1947 年 10 月 31 日周鲠生在庆祝国立武汉大学建校 19 周年典礼上的演讲，标题为编者所拟，原载《国立武汉大学周刊》第 374 期

让武汉大学多产生几个第一流的学者

周鲠生

今天本校举行二十周年校庆。其实，要从本校前身——武昌高师算起，到现在已有三十多年的历史了。

因为本校和城内交通困难，而在现今经济情况之下，设备从简，今天除校友外，校外的朋友，都不敢惊动，所以对于武汉军、政、教育各界，以及社会人士，都没有发请帖。现在仍然有不少的来宾，远道光临，这真是本校之荣幸，本人要代表全校深致感谢并欢迎的。

本校经过抗战八年期间的困苦，胜利复员后三年间，也历尽艰辛。在过去三年间，因为物价波动，同仁和学生生活不安，学校呢？不但经费异常困难，而且又恰是多事之秋。这些苦处，当然是大家不能忘记的，恐怕又是其他大学多少都有的。

今天是校庆日。我们总要从好的一方面看。我们的希望在未来！胜利以后，珞珈山校舍居然保存完整，确是本校最大的幸运。复员后三年之间，陆续修建扩充，学校规模，还比战前大，而且日有发展。教职员住宅，三年来陆续有添建，虽然不能使人人满意，大多数人已可以安居。至于院系，抗战期中停办之农学院，已恢复了，今年已完成四系。医学院新办起来，在东厂口旧校舍开办附设医院，已经过一年。旧校舍全部房屋，现已接收，正在要添建病房、完成医院设备。外来的人，都羡慕我们的校舍广大、环境优美，不是无理由的。设备呢？除暖气设备水汀及煤气厂外，几乎都复原，而且有扩张。最近花了五六千美金，购到抽水机，加强水电设备。过去一年，学校添购了十万美金的仪器，不久可到，而且教育部及行总、联总分配的尚不计数。现在尚有百余箱在上海。外国图书杂志，除英、美诸友邦购送者，及李氏基金会捐三千美金购的外，我们用美金自购者，已在三四千美金以上，此外尚有教育部配给的，最近送到英国书六箱，均属教科、参考上之新书。就这一点说，我们的设备，只有好过战前，而且以后尚可希望大批增加。医院二百五十张病床的配给价值，不下三十万美金，战前决无力量购置。天空电离层实验室之设备，原系美国海军设备，随后与美国商部标准局合作，确是国内有数的，纵不说是唯一的新式研究设备。农学院的事业，也在发展，现与农垦队合作，在磨山垦荒，本年农林部拨款八十多亿元作林垦。工学院有与水利部合作之华中水利试验所计划。

讲到学术人才，老教授回校的有：李剑农、燕树棠、陆风书诸先生，新加聘的学者日增，其中本校出身的亦不少。过去三年中，本校毕业生出洋的亦多，除多数自费外，有考取公费出国者四五人，有美国国务部资送者二人（已回来），李氏基金会奖学金资送者，前后五人。这些出国深造的同学，必有一部分回校服务，现在有多数自国外回来的青年学者，他校或本校出身的，参加这个学府，这都是我们的生力军。

本校之有今日优良的局面，是由于创办人如李四光先生之有理想的计划，前任两位王校长把学校基础打得好，先后许多同仁共同努力，以及政府及社会各方面热心赞助，这是值得我们记着的。

以上都是从好的一面看来说的话，同时我想大家也都同我一样，可以想到今后学校的问题还多，尚有不少的或比较过去更大的困难要克服。有一点，我今日还要特别提到的是：大学最高的使命，究竟是提高学术。我们不能徒以环境、校舍、设备骄人，我们还得在学问上竞争！本校有不少的教授从事研究，在科学上有他们的贡献。可是，一般地说，我们校内学术空气尚不够浓厚，学术研究上比起国内其他有名的少数大学，不免有逊色。从今以后，大家还要在学术方面加紧努力！要迎头赶上！希望十年之内，本校出身的人中，多产生几个第一流的学者！武大在学术上能多有伟大的贡献！到了三十周年的时候，我们的校庆可以更热闹、更有光荣，而更有意义了！希望我们同仁和同学们，一致朝着这个目标努力！我们在各方的校友，多多给予鼓励和协助。

本文是 1948 年 10 月 31 日周鲠生在庆祝国立武汉大学建校 20 周年典礼上的演讲，标题为编者所拟，原载《国立武汉大学周刊》第 389 期

为办好新武汉大学而共同奋斗

李 达

武汉大学经过院系调整，现已经成为综合大学了。水利学院暂时留在校内，受本大学所领导。在新成立的综合大学第一届开学的日子，我首先要向全校的同志们和同学们，谈谈综合大学和水利学院的方针和任务，以及教学改革的方针和步骤，来确定我们今后努力的方向。

我们伟大的中华人民共和国，自从成立的那一天起，就开始了一个新的时期，即逐步过渡到社会主义的新时期。四年以来，由于抗美援朝战争的胜利，由于社会改革与民主改革的逐步完成，由于财政经济的根本好转，我国在过渡时期的总路线，更加具体地呈现在全国人民的面前了。这过渡时期的总路线，如中国人民政协委员会所发布的第四届国庆节的口号中所说，就是："在一个相当长的时期内，逐步实现国家的社会主义工业化，逐步实现国家对农业、对手工业和对私营工商业的社会主义改造。"口号中还说到了今年开始的第一个五年建设计划的基本任务："集中主要力量发展重工业，建立国家工业化和国防现代化的基础；相应地培养建设人才，发展交通运输业、轻工业、农业和商业；有步骤地促进农业和手工业的合作化，继续进行对私营工商业的改造，正确地发挥个体农业、手工业和私营工商业的作用；保证国民经济中社会主义成分的比重稳步增长；保证在发展生产的基础上逐步提高人民的物质生活和文化生活的水平。"

遵循着过渡时期的总路线，高等学校所担负的任务，是"相应地培养建设人才"。所以此次全国综合大学会议，明确地规定了高等教育的基本方针："适应于国家建设需要，培养具有马列主义世界观、全心全意忠实于祖国和人民事业、掌握先进科学和技术的专门人才。"高等教育在过渡时期的总路线中的地位，是为国家培养合格干部的重要一环，即首先以马列主义关于自然和社会发展规律的科学，作为高等学校所必须具备的基础；其次，适应国家经济建设计划所要求的不同部门的不同建设人才，在广博的基础知识之上进行不同类型的专业教育，使其理论与实际相结合、全面发展与专业训练相结合，以培养出对各种建设事业胜任的专家，这就是新型高等教育为培养德才兼备的人才所应遵循的道路。这是高等教育的基本方针，也是综合大学的基本方针。

根据上述的基本方针，综合大学和其他专科性高等学校各自分担不同的任务。专科性高等学校的任务，主要是培养技术科学方面的从事实际工作的专门人才。至于综合大学的任务，则主要是培养理论或基础科学（自然科学和社会科学）方面的从事研究工作或教学工作的专门人才，是为各个经济和文化教育部门输送研究和教学干部的。更具体地说，就是培养科学研究工作者和高等学校以及中等学校的师资。但就培养目标说来，则以培养合乎一定规格的科学研究人才为主要目标，因为能做科学研究工作的人，也可以做高等学校及中等学校和中等党校的教师。因此，综合大学的培养目标，首先要使学生具有较高深的理论水平与较广阔的科学知识，通晓一般的自然科学或社会科学的规律，然后在这个基础之上逐步进行专业训练，逐渐养成能够独立地、创造性地进行研究工作，并善于在马列主义方法论的基础上解决自己专业方面的某些理论和实际的问题（但这不是说刚毕业的学生就能做到，而是要经过相当时期的锻炼才行的）。综合大学所教育的程度比较深，而方面也比较广，学生毕业后就业的范围也比较广，因此培养目标并不因学生就业而有所影响。

我们的综合大学和苏联制的大学同一类型，而与英美制的普通大学或文理学院根本不同。在系科设置上，任务明确，内容只包括人文科学与自然科学的基础学问，与旧中国所仿行的美国式的普通大学文、理、政、法、财经、工、农、医混合在一校截然不同；同时因其设有政治经济学及法律学等专业，又与以前所谓文、理学院也不一样。在学校内部组织上，我们的综合大学，不设院这一级，而以系为教学行政的基层组织，直接受学校行政的领导；同时又设有教研组或教学小组，作为教学和研究的基层组织。在培养方式上，我们采取专业教育，按照国家建设需要设置专业，并在马列主义的指导下，在深厚广博系统的基础知识上进行精深的专业学习，这样来培养既具有广博理论基础与专门科学知识而又更加切合实际的专家，这是与资产阶级所谓"通才教育"以及狭隘专门教育完全不同的。

综合大学主要是一个教学机构，同时也是一个研究机构。教学与研究工作是相互为用，相互提高的，是相互结合而不是相互矛盾的。所以综合大学还必须与各种科学研究机构及各个建设部门取得密切配合，才能更好地结合实际需要与发挥教学效能。

由此可见，综合大学在高等学校中所处的地位是重要的，它是各种专科性高等学校和各种科学研究机构的基础，它所培养出的研究干部的质量如何、科学理论的水平能否提高、研究机构和高等学校事业能否发展，都与综合大学办得好坏有密切关系。所以，综合大学是国家文化和科学发展的一个重要标志。认为综合大学无关重要的看法是不对的，但认为综合大学比其他高等学校的地位更高、更重要也是不妥当的。它们相互间只能说是分工和任务有所不同。

综合大学在国家过渡时期总路线中的方针任务和培养目标，在这次全国综合大学会议上都已经弄明确了。

综合大学为要贯彻上述的方针和任务，培养出德才兼备的科学研究人才，这就首先要求实行教学改革。为了稳步进行教学改革，我们必须坚决贯彻"学习苏联先进经验并与中国实际相结合"的方针。所谓教学改革，主要是教学内容的改革。其中，包括制定教学计划、教学大纲和教材内容，而首先要从教学计划的改革开始。高等教育部今年曾经分别约集各大学的文、法、理各科的教师，共同修订了各科的教学计划，提交此次综合大学会议讨论，供各大学采纳实施。依据"修订综合大学教学计划的报告"，各个教学计划表现了下面六个特点：

一、教学计划，首先是以马克思列宁主义的课程作为一切科学的共同基础。

二、教学计划具有高度的计划性，所有课程都是必修，但成绩优良的学生可以加修一些课程。

三、教学计划是一个有机的统一体，课程中无所谓"外系课"与"本系课"之分。

四、综合大学所学的都是基础科学，各专业都需要有相当广博的基础知识，例如学生物学的要学地质学，学化学的要学理论物理，学政治经济学的要学工业企业组织与计划。

五、教学计划中体现着结合实际，如学植物学的要学植物栽培，学物理的要学工艺力学等。

六、综合大学各专业的一个特点，是设置专门化课程。专门化课程，是在基础课与专业课的基础之上，进一步提高其专长，并为毕业论文做好准备。按照苏联大学各专业，这专门化课程是不轻易多开的。

今年七月间，中央高教部召开了全国高等工业学校行政会议，关于水利学院的方针任务及培养目标，也已明确规定。水利学院根据高等教育的基本方针，还应该贯彻"整顿巩固，重点发展，提高质量，稳步前进"的精神，在祖国大规模的水利建设事业中，担负起培养掌握高级水利工程技术专门人才的任务。这种人才，必须具有马列主义的世界观，全心全意为祖国建设事业服务。水利学院各专业的教学计划，都已修订出来，即将付诸实施。

教学计划制订出来以后，接着就要拟订教学大纲并确定教材。这就要求我们坚决执行"学习苏联先进经验与我国实际情况相结合"的方针。首先，我们要研究苏联的先进的教学经验，研究苏联教材，理解它的优越性，批判英美资本主义的教学思想和教材内容，逐步提高教师的教学水平。其次，我们要结合国家建设的各种需要，如工业和农业发展情况、财政经济情况、民主建政情况、社会改革情况、高等学校教学情况、科学研究机构的工作情况、中等学校情况，再结合综合大学本身的师资、设备和学生水平等具体条件，拟订教学大纲，组织教材内容等，以便培养出能够适合上述各方面要求的人才。

从制订教学计划和教学大纲到确定教材，这就是教学内容的改革，是教学改革最基本的东西。其次，配合教学内容的改革，还须改革教学方法、教学组织，还要逐步推行科学研究工作。这样一系列的改革工作，当然具有长期性、复杂性和艰巨性。我们必须根据实际情况，采取逐步过渡的方式，不能采取突击的方式。例如就教学计划问题而言，根据中央高教部的指示，此次综合大学会议中修订之教学计划，应自一九五三学年度入学的新生开始实行，至于原有在校学生之计划，则应由各校按过去实行的教学计划、实行经验及具体情况，斟酌修改，而不是硬性地实施综合大学会议所确定的教学计划。贪多冒进，急于求成，就会出毛病，但止步不进，"抱残守缺"，也是不对的。所以，我们在贯彻方针和任务来进行教学改革时，必须分别缓急，采取步骤，准备条件，逐步提高。

解放后四年多来，全校的同志们，参加了各项社会改革和政治改革工作，有了显著的进步。从一九五二学年度起，我们初步进行了院系调整，开始设置了专业，教学改革也有了良好的开端。现在经过院系调整，改为综合大学，除暂时留在校内的水利学院设有水工建筑、河港工程、农田水利三个系和四个专业以外，综合大学本身设有中文、俄文、历史、政治经济学、法律、数学、物理、化学、生物九个系和一个图书馆学专修科，有十二个专业。由于此次综合大学会议和高等工业学校行政会议的决议，综合大学和水利学院的方针任务和培养目标已经明确，而教学改革的方针和步骤都已有所决定，综合大学和工科学校在高等学校中所处的地位以及在国家过渡中所负的使命，都已经弄明白了。在这样的基础上，来贯彻会议的决议，办好我们的学校虽然有困难，却是有办法、有希望的。今后除需要按照前面所说的，稳步地学习苏联先进经验，进行教学改革外，我们还必须从下面几方面来努力。

第一，改进领导，加强团结，发扬民主，开展批评与自我批评。

改进领导，是做好我们工作的首要问题。全校各级教学与行政的领导干部，包括校长与副校长在内，必须坚决克服过去工作中不同程度的官僚主义、主观主义和分散主义。一切工作，我们必须遵守毛主席的教导，不骄不躁，谨慎谦虚，老老实实地工作；必须从党和政府的政策出发，认真负责；必须深入调查研究，虚心听取群众意见，实事求是。我们要这样改变我们的领导作风、领导方法，使领导结合群众，来完成国家交给我们的任务。在改进领导的同时，我们还要改善各方面的关系，加强团结。其中包括教师和学生间的团结，新老教师间的团结，学生间的团结，各单位内部和外部间的团结以及院系调整新来校的师生员工与原在校的师生员工的团结，等等。特别值得重视的是，学生对教师、对行政工作人员极端不尊重的情况，应该迅速纠正，这一点，我后面还要谈到。在加强团结上，特别希望教工会、学生会、校内各民主党派和各团体，能做更多的贡献。总之，我们要尽一切可能，使全校师生员工，紧密地团结起来，为实现高等学校的方针任务，为改造思想共求进步而努力奋斗。因此，我们这里所谈的加强团结，不是要大家一团和气，而是要有原则、有斗争地团结，这种团结是完全可以实现的。所以发扬民主，开展批评与自我批评，是非常重要的。希望全校的同志们，发挥当家做主的精神，做到知无不言，言无不尽，藉以监督领导，加强团结，改进工作。

应该指出：过去在我们学校，一方面是民主空气不足，另一方面也存在着极端民主化的思想；一方面没有开展批评与自我批评，另一方面也有许多无原则的意见和纠纷。像这样的现象都是不健康、不正常的。领导上应负主要责任。今后我们应该健全民主生活，贯彻民主集中制，充分发扬民主；同时根据党和政府的政策，正确开展批评与自我批评。在科学研究方面，也要开展批评与自我批评，因为在学问上只有开展不同意见的争论，展开自由批评，才能促进科学的发展。

教学工作是学校一切工作的中心，一切行政工作都服务于教学工作。我们行政工作人员，必须确立一切工作围绕于教学工作的思想，订立工作计划，建立工作制度，改进工作方法，提高工作效率，以便使教学工作能够顺利地进行。

第二，加强政治理论学习，尤其是教师们系统的马列主义的学习。

马克思列宁主义、毛泽东思想是我们工作的指南。全校师生员工，必须重视政治理论的学习。过去学理、工科的同学，不少对政治课的学习不重视，认为学不学无所谓，这种看法是不对的。应该了解，只有提高了我们的马列主义水平，我们才有正确的学术观点，才能掌握科学知识，在科学的道路上得到指路的明灯。这里，我们还必须深刻认识到：教师们系统学习马列主义特别重要。首先，我们教学改革的中心问题是学习苏联。但苏联的教材、教学计划、教学方法，都贯穿着马列主义的立场、观点和方法，这都是要通过教师们来汲取和传播的。只有我们的教师们具有马列主义的立场、观点和方法，才能通晓它、掌握它，并使之结合中国的实际，收到改进教学的效果。其次，我们高等教育的基本方针，是要求培养有马列主义的世界观、忠实于人民事业、掌握先进科学知识的科学研究人才，这种人才的培养，就要求着我们的教师们通晓马列主义。

关于教师们系统的理论学习，中央已作了具体的规定，要求在四年内分别学习中国革命史、马列主义基础、政治经济学、辩证唯物主义和历史唯物主义这四门课程，每一学年度学习一门。从上学期起，我们已经做了系统学习的准备工作，本学年度的中国革命史的学习，即将正式开始了，除加强学习的领导外，希望所有的参加学习的教师，努力钻研，提高政治理论水平，成为既具有专门科学知识，又掌握了马列主义的专家，为国家造就德才兼备的人才；同时也希望教工会，能做有力的配合，有助于搞好政治理论学习。

第三，加强教研组工作。

根据苏联的经验，教学研究指导组（简称教研组）是高等学校的基本教学组织，是直接领导一门或数门性质相近的课程的教学工作、进行科学研究工作、培养和提高师资的主要环节。凡属教学计划的制定、教学大纲的编订、教材的准备、教学方法的运用与改进、对学生自习、试验和实习的指导，以及科学研究工作的开展，等等，都是依靠教研组来进行的。因此，一个高等学校的工作成绩如何，在很大的程度上，是要看教研组的工作成绩如何而定的。

目前，我们由于师资和设备条件的限制，还只有一部分课程设立了教研组，其他课程一般只先成立了教学小组。但无论是教研组还是教学小组，它们在当前高等学校教学改革中占有很重要的地位，都是异常显然而无可怀疑的。过去四年来，本校前后成立的教研组和教学小组，在修订教学计划、学习苏联教材、改进教学方法等方面，都曾起了了不起的作用，取得了一定的成绩。今后为了使我们的教学改革工作更好地进行，就必须在现有的基础上，继续加强教研组和教学小组的组织，以充分发挥它们的作用。要使教研组或教学小组能充分发挥它们的作用，我想至少有三点是必须做到的：

一、每个教研组和教学小组，必须根据需要与可能，制定一定的工作计划，并建立必要的工作制度。

二、全组的教师，必须本着互助友爱的精神紧密合作，彼此能亲切地研究问题，毫无顾虑地讨论问题，争论问题，以求得问题的正确解决。

三、各系的负责同志，必须对所属的教研组和教学小组加强领导，并经常督促和检查其工作。

第四，培养师资。

目前，一般高等学校都感觉师资不足，本校也不例外。要解决这个问题，必须从两方面下手，即一方面培养新的师资，一方面提高现有师资。这两方面的工作，不可偏废，而应该很好地配合进行。这里只谈谈新师资的培养问题。

从长远方面来考虑，新师资的培养，是完全必需的。培养新师资的办法，除派遣一部分青年教师到苏联和东欧人民民主国家及国内各大学去研究外，主要还靠我们自己来培养，即依靠我们原有的老教师，用带徒弟的方法，把一些研究生或毕业不久的青年教师，逐渐培养成为有一定教学能力的教师。

这几年来，本校在培养师资的工作上，也有过一定的成绩。今后还应继续努力，更有计划、有步骤地进行。而要做好这个工作，我认为最主要的关键，还在于教师间的紧密团结。新老教师的关系，过去不够正常，影响了教学工作的改进和新老教师政治思想、业务水平的提高，尤其影响对青年教员的培养。以后新老教师必须认识各自的优缺点，取长补短，互相学习，互相帮助。尤其要求青年教师克服急躁自满的情绪，尊重老教师，虚心向老教师学习；老教师关怀年轻的教员，热情地、耐心地予以指导和帮助，通过全体教员的团结互助，把教学改革工作更加提高一步。只有在这样彼此敬爱团结互助的基础上，培养新师资的工作，才能取得较好的效果。

第五，逐步进行科学研究工作。

综合大学是教学机构，同时也是科研机构。教研组便是结合教学工作与研究工作的基本组织。为了提高教学水平，培养新的师资，推进科学进步，以促进国家建设事业的发展，综合大学必须有步骤地进行科学研究工作。

综合大学的科学研究工作的范围，大致可分为以下几点：

一、进行具有创造性的教学方法和教学内容的研究工作；

二、编著现代先进科学的教科书和专论；

三、一般科学理论问题的研究；

四、具有国民经济意义的较大的理论性问题的研究；

五、业务部门、科学研究机关、工矿、企业及其他的单位所委托的科学研究工作；

六、科学通俗化的工作。

综合大学是教学与研究相结合的机构，从现在起，必须准备逐步开展科学研究工作。科学研究工作的目的是为国家的建设事业服务。但在目前，主要地是在于提高科学水平和培养新师资。我们现有的科研组和科研小组，必须首先从结合教学的需要出发，积极创造条件，开始做科学研究工作。高年级学生，在可能的条件下，也可以成立科学研究小组，在教师指导下进行科学研究工作。将来学生的毕业论文，应该是某一专题的科学研究的总结。

第六，加强对学生的纪律教育。

几年来，由于我们对学生的政治思想教育不够，特别是由于从"三反"运动和教师思想改造运动转向教学改革后，缺乏相适应的教育和纪律制度，再由于解放前学生运动思想的残余，旧大学自由主义作风的影响，学生个人的学习态度不端正，学习目的不明确等等，造成目前学生中的纪律观点差，学习生活纪律废弛的现象。这主要的表现在下列几方面：

一、课堂纪律不好，迟到旷课的很不少，有些学生上课不专心，不按时交作业，做实验不交报告，也有学生考试舞弊，考试不及格、怪教员评分不合理，要求不补考；

二、不按教学计划进行学习，有少数学生，凭个人兴趣观点，爱上哪门课就上哪门课，甚至向系行政乱提要求，要开哪门课或不开哪门课，主观上爱上的课，便把全部自修时间都用上去，不爱上的课便置之不理，影响了学业成绩；

三、违反作息制度，不遵守生活秩序，有人考试开夜车，妨碍别人睡觉，有人中午不休息，高声叫喊，拉胡琴。此外，在学生中相互打骂、吵闹，也时常发生，个别学生的偷窃、酗酒行为，更为恶劣；

四、不爱护公共财物，同学中损坏图书、仪器，打破玻璃，浪费食物的现象很普遍。例如水利学院四年专业各班，今年暑期测量实习一次，损失仪器价值达一千万元以上。有两个学生一连把两根钢尺拉断了四次，计损失一千四百余万元，该院一学期来学生损坏仪器清册有两大本。还有同学在卫生组诊了病，把药抛掉不吃；

五、对教师、对学校工作人员不够尊重，师生关系不正常。有些学生对教员提意见，轻率武断，态度傲慢，上课时随便提问题，递条子，不信任教师能教好；对教员的指示和意见，则是采取不闻不理的态度，还有任意提出调换任课老师等不合理的要求，使教员深感不快。另有一些学生，对于学校行政人员，尤其是对总务处的职工，一派"命令主义"，稍不如意，就声色俱厉，严词质问，甚至拍桌、骂人、打人，造成行政工作秩序的混乱。学校教务处、总务处、政治辅导处等行政领导机构，经常有学生去提出某些不合理的问题要求处理，致使处级负责人员无法进行其他重要工作，各系系主任也忙着解决同学所提出的问题。还有些同学，经常在清晨、中午或是晚上，到行政人员家里，提出一些无关紧要的问题来谈，使行政负责人疲于接纳，严重地影响了他们的工作和休息。

除此之外，学生中不重视政治时事学习，不注意体育活动的，也很普遍。

以上这些情况，必须及时改善。现在学校已经拟定了《武汉大学暂行学则》即将公布实行，务求全校学生，自觉地遵守，改变过去某些错误的言语行动，克服违反纪律现象，特别是改善对教师们和学校工作人员的态度，改善师生关系，做到学生尊师爱员，教师员工爱护学生。说到这里，我要求全体同学们深刻认识到，遵守纪律是新中国青年的道德品质的表现，是共产主义觉悟的表现。只有我们今天能够自觉地遵守学校纪律，将来才能严肃地对待劳动纪律，成为自觉的劳动者，担当起祖国人民交给我们建设祖国、保卫祖国的光荣重任。学校院系调整后，各系将在系主任下增设教学秘书和行政干事，行政机构处一级以下设科。今后有关教学工作上的问题，学生首先向各系教学秘书提出，不应事无大小都集中到系主任或教务处负责人员的身上；关于行政工作上的问题，首先也应向各系行政干事及各科联系接洽，不要把一切问题都提到处一级解决。在学生会工作的同学，应领导全校同学，保证贯彻和执行学校的决议与计划，克服学运思想的残余。

第七，厉行精简节约，消灭浪费现象。

今年九月六日，人民日报发表了"增加生产，增加收入，厉行节约，紧缩开支，超额完成国家计划"的社论。大家必须明确，为了在一个相当长的时期内逐步实现国家的社会主义工业化；为了集中力量发展重工业，建设国家工业化和国防现代化的基础；为了在发展生产的基础上逐步提高人民物质生活和文化生活的水平；为了支援农民战胜自然灾害增加农业生产；也为了继续深入抗美援朝运动，支持中国人民志愿军，争取朝鲜停战协定的彻底实施，争取朝鲜问题的和平解决，援助朝鲜人民进行恢复工作；就必须大力开展增产节约运动。对于做了主人的中国人民来说，增产节约是我国进行国民经济建设的长期的、不可间断的、基本的方法，就今年的情况来说，它又是我们当前的中心任务。不如此，我们将不能有效地克服当前的困难，争取胜利地超额地完成五年计划第一年的国家计划。因此，全国各厂矿、各企业，都订出了增产节约的计划，各机关、各部队也订出了节约的办法，我们学校虽不是一个经济机构，不能增加生产，但应该厉行节约。从过去一个时期来看，根据不全面的统计数字，浪费的情况是相当严重的，每年图书、仪器、桌椅门窗的损坏很多，水电、学生膳团食物的浪费数字很不小，许多可节省的开支没有能够节省，突出的如今年暑假学生回家退膳费的问题，其他如时间上的不节约，人力的浪费，工作人员潜在能力的没有发挥，这些都是不符合节约的精神，不能令人满意的情况，务必大力改造。今后，教学和行政经费的开支，在不影响教学不降低工资的原则下，一切可削减的要削减，可推迟的推迟，可开支可不开支的坚决不开支。明年的教育经费的某些部分将会削减。无疑的在教学设备上将会感到某些不足和困难，但这是发展中的困难，是暂时的困难；到了生产发展工业化实现的时候，一切困难是可以解决的。在人力方面，一定要做到合理使用，贯彻统一领导，分层负责，建立工作中的责任制，同时，还要精简会议，紧缩开会时间，实行准时到会。这样将有助于学校工作任务的胜利完成。

全体师生员工团结起来，为办好新型的武汉大学而共同奋斗！

本文是 1953 年 10 月 22 日李达在武汉大学新学年开学典礼上的讲话，标题为编者所拟，原载 1953 年 10 月 23 日武汉大学校报《新武大》第 98 期

读书与环境

陈 源

今天提出来谈一谈读书与环境的问题。在这里经过的朋友，常常羡慕我们的环境，说珞珈山的风景这样的清幽，建筑这样的宏丽，真是理想的读书的地方。这样的话，我们随时都可以听到。可是有时也有人说，你们离城市这样的远，与现实社会没有多少接触，所得到的恐怕大都是偏于书本方面的知识，对于当前切实的问题，也许多少有一种隔膜，不能够看得很清楚，认得很深刻。此外偶然还听到有人说我们这样的环境，只能造就些公子哥儿、贵家小姐这一类人，不能养成一班刻苦耐劳、努力奋斗的人物。

听了种种的批评，我们不免有时要想一想读书与环境的关系，究竟它们有多少关系？是怎样的一种关系？主张没有关系的人，也不是没有，他们说他们在无论什么环境之下都同样地读得了书。可是真能这样做的人我们还不曾见过。新近在十月号的一个英国杂志The Boobnan上面，看到一张讽刺画，挖苦一位不关心世界变乱的读书人。里面画的是在四面八方的高房子都在乱纷纷地倒塌下来，头上几架飞机在投炸弹，到处都是烟雾，到处都是火焰的时候，一个人坐在书堆里，打着一把伞，戴着老花眼镜，皱着眉头在看书。这位老先生可以说是一位无论在什么环境之下都同样读得了书的模范人了。只是他也不免皱了眉头，还没有做到毫不觉得、满不在乎的地步。

读书与环境多少有些关系，我们大约谁都会承认。可是这关系并不人人都一样，而且在不同的人往往很不相同。我们可以举几个例。英国去年去世的一位文学家班奈德（Arnold Bennett）在写他的创作的时候一定要关起房门来的。他有一次听说另有一位作家在写文章的时候，要他的夫人在间壁房子里为他弹钢琴，他也让他的夫人进他的书房去做针线。他的夫人虽然静悄悄地坐在他屋里，连气都不敢好好地喘一口，他已经觉到写不下去了。又如在他预备写一部计划了好几年的杰作的时候，他连房子都重新改造过，书斋重新布置过，饮食起居的时间重新分配过，方才开始他的工作。果然这一本书成了他第一部杰作，也是他一生的杰作。可是在百余年前，另有一位更伟大的英国女小说家奥斯顿（Jane Austen）写她的几本杰作的时候，就坐在全家公用的一个客厅里面，有人走来，她便用一张吸墨水纸盖一下，人们只道她是在写些平常的信件。他们同样地写小说，可是需要的环境却那样的不同。再举一两个更极端的例，在这一端，曾文正公就是在兵书旁午的时候，就是在围城的里面，还是一天要读多少篇文章，写多少张字，差不多可以与方才所说的讽刺画的主人翁比一比了。在那一端，把环境看得特别重要的人，莫过于大家所知道的一个学童，他的观念，有四句诗为证："春天不是读书天，夏日初长正好眠，秋去凄凉冬又冷，收书又待过新年。"我们不要笑他，我们自己有时也免不了多少有些像他。譬如说罢，我们自己相信我们何尝不能够写出一部杰作来，只是环境不容许罢了，可是有时我们所认为理想的环境来了，像班奈德那样的杰作却依然没有。又譬如说吧，在学期中间，我们常常因为这一点钟要上课，那一点钟要体操，又是这样，又是那样，不能痛痛快快地一天到晚读书，一到暑假年假就想带一大箱书回去，读一个痛快。可是到开学的时候，这一大箱书带回来了，究竟看过的有多少呢？

所以读书与环境的关系，在不同的人是不一样重要的。一个能够求放心的人，就是在不好的环境之下还多少可以读些书；一个不能求放心的人，就是在很好的环境之下也不一定能读书。可是一种适当的环境虽然不能使一个人自然而然地读书，一个想读书的人在较好的环境之下，读书更可以读得好些，是可以断言的。譬如前面所说的女小说家奥斯顿，要是有一个私人的书房去写她的文章，她的作品虽然不见得能够写得更好，可是也许可以比留下来的四五本还写得多些罢。

说不定有人要说了，以我们的观察而言，环境好，读书并不就好，而且常常适得其反。有钱人家的子弟，要什么便可以有什么，要书便可以买书，要教师便可以请教师，要书房便可以有书房，可是读书常读不好；清寒人家的子弟什么也没有，连读的书都得向人借，自己抄，可是出了不少的人才。

要回答这一个问题，我们先得问什么是好的环境？好的环境是绝对的呢，还是相对的呢？就是说，是不是好的环境从无论哪一方面看起来都是好的呢？还是从一方面看起来是好的环境，从另一方面看起来却是不好的呢？一个茶馆是谈话的好的环境，却显而易见的不是适宜于读书的环境。那么怎样的一种环境，最适宜于读书呢？这里所谓读书，当然将看书，写文章，做练习题，探讨一种理论，研究一种问题都包括在内。在读书的时候，最重要的是集中我们的注意力，不让外界任何事物来分我们的心。所以最适宜于读书的环境是能够使我们做到这一点的一种环境。从这一点看起来，奥斯顿的环境，就大不如班奈德了。班奈德可以每天按着钟点写他的作品，不让任何事物来扰乱他，奥斯顿却得等到客厅里没有客人的时候才能工作。说不定在她写得正高兴的时候，或是客人来了，或是小孩们来了，阻止了她的写作，打断了她的思路，下次得暇再提起笔来时，当时的那番心境，说不定是找不回来了。

所以方才所说的富家子弟，他们的环境，从别方面看来是比清寒人家好得多，可是从读书这一点看来，有时反而大大的不如。因为他们的环境里面，有许许多多的事物在分他们的心，消磨他们的时间，不容许他们集中他们的注意力到读书上去。《红楼梦》里的贾宝玉，就是一个很好的例，三天两日有这个人做生，那个人开吊，老太太带去进香，家童领出去玩耍，开了花要赏花，下了雪要赏雪，一年三百六十日，大部分这样消磨掉了，还能有几天真正地读一点书？清寒人家没有这一套，反而可以一心一意地读书。

美国的社会及宗教研究所，调查了二十三所美国大学，编一本书叫《大学生》（Undergraduats），也说富家子弟读书不容易读好。最大的原因是富家子弟差不多每人有一辆摩托车。他们白天可以到郊外去野游，晚上更可以邀一位女朋友到数十里，甚至一二百里外的大镇市去跳舞或看戏，自然没有多少闲余的时间或精力去读书了。

可是清寒人家的子弟又有他们那方面的种种环境上的困难，贫苦至不能读书，固然不用说了；即使进了学校，大约在校期间，比较还好，一出学校的门，困难便都来了，个人的生活，家庭的负担，吃的穿的，每月的房租，生了病请医生买药，小孩子学费书籍，一切都在自己的身上。为了衣食的奔走忙，就更不容易有心思读书了。

就是衣食不发生大问题，可是一个大家庭有一天到晚的杂务，人来人往的应酬，左邻右舍的闲气，小儿小女的哭笑争吵，也打搅得人不能专心做一件事。中国从前的读书人，常常地借居山寺古庙，就是为了要摆脱这种扰乱心思的杂务。欧美的清寒的读书人不得不把他们的书房做在屋顶间里，也是因为这个原因。现在英国的首相麦克唐纳尔在没有组阁以前，就住一栋小小的房子，他的书房便在三楼的屋顶间里，在十二三年前我曾经去看过。所以自古以来教子成名的贤母，相夫成名的贤妻，她们最大的功德，我想还是在她们能够将柴米油盐酱醋茶这开门七件事的俗务完全挑在自己的身上。现在的人常常夫妇二人都想做一点精神方面的工作，这困难就更大了，女子方面不用说是加倍的困难。西洋知识界阶级的妇女不嫁人的逐渐增多，这当然是一个极重要的原因。

所以学校是人生过程中比较的最适宜于读书的环境。

学校本身的环境也有问题。学校究竟在都会里好呢，还是在郊外好呢？在山野里住惯的人，见闻也许没有都会中的人那样广，对于现实社会的认识也许没有那样的透彻，思想也许比较的偏窄，可是以读书来说，郊外的环境比都市好得多了。据《大学生》那本书的调查，多数的教育家都承认都市里可以使人分心的事物太多了。跳舞场、电影院等固不用说，就是许多有益身心的事，如展览会、音乐会、公开讲演、名剧公演等等，太多了也就成了消耗精神与时间、使人不能专注的外务了。

学校最好是在郊外，尤其是在风景清幽、空气新鲜的地方。空气新鲜、太阳光好，则身体强健，精神活泼，头脑清醒，使我们读书读得好。风景清幽，则在读书疲倦的时候，出去散步一会儿，可以游目骋怀，怡情陶性，使我们的精神易于恢复。当然若是单从集中注意力的观点而言，风景的清幽不清幽，空气的新鲜不新鲜是没有大关系的。而且不独没有关系，幽美的风景，常常是一种使人分心的事物。"春天不是读书天"，就是这个意思。我们常常看见有些同学们，尤其在考试将近的时候，喜欢坐在山涯水湾、松林底下、乱石上面看书。要是他们看的是诗歌词曲一类的书，这自然的环境可以使他们神会默契，增进他们的了解和兴趣。要是读的是要记忆或是要理解的课本，我怕这清风朗日，鸟语花香，一切都会在他们的耳朵里、鼻子里、眼睛里引诱他们去注意，使他们感觉到不能继续不断地用心在书本上。

在读书的时候，最好的小环境是在屋子里。这间屋子要有一个空气流通的明亮的窗，一张干净的桌子。所谓明窗净几，一张座椅，一个可以关起来或锁起来的门。据一位心理学家说，非但窗子外不要有惹人心意的景物，桌子上也最好不要放与目前所研究的问题没有关系的书籍。因为在我们的注意力还没有集中的时候，最容易拿起一本不相干的书来而耽误了目前的工作；再则我们的工作遇到了一点困难，如在停顿的时候拿起一本书来，注意力便移到别方面去了。

听了这话，不要以为在宿舍里两人共一间房便不能读书了。我们所说的是最理想的环境，并不是说只有在这个环境里才可以读书。而且世界大图书馆的大阅览室，哪一个不是可以坐不少人的？伦敦大英博物院的图书阅览室，里面可以坐数百人，不知有多少文人学者在里面读过书；不知有过多少鸿篇巨著在里面写成的；马克思的《资本论》就是许多成绩中之一种。这话好像与上面所说的自相矛盾，其实不然。在阅览室里，人人都专心地在读书，在写作，一个人进了它的门吸了里面的空气，就得到一种暗示，一种催眠，使人非专心读书不可。所以两人同住一间屋子，只要约定了一个读书的时间，在那时间以内谁也不准说话，谁也不准见客，除非出去，就没有问题了。

　　所以要是单单没有外界分心的事物为读书的环境的条件，学校固然是比较好的环境，荒山古刹里租一间屋子未尝不是更好的环境。可是这个条件虽是很重要，却不是唯一的条件。上面所说的学术的空气，相互间的暗示，也是条件的一种。再则离群索居，固然可以求放心，可是一个人的兴趣却容易因为没有刺激而慢慢地消失，而且走进一条死胡同，没有帮助也就很不容易摸出来。有一位加拿大的大学教授同时是幽默家叫李各克（Stephen Leacoek），他说英国牛津大学的教育只是学生坐在他的导师的屋子里相对抽烟，三年的烟气熏下来，学生便成了成熟的读书人了。这表面虽是笑话，实在是说导师在谈话的时间可以启发学生的兴趣，指导他们求学的方法。其实教员在讲堂里面也何尝不是如此？一个良好的教师在灌输知识之外，一定可以引起学生的兴趣，指示他们求学的途径，鼓励他们自己去探险。而且学问的兴趣还不一定要一个比我们知道得很多的人才能打动。一个人对于一项功课感觉困难或是感觉不到兴趣的时候，要是与一位比自己多少知道一点的谈一谈，讨论一番，困难往往就可以解除，兴趣常常地发生了。伦敦大学一位有名的青年教授拉斯基（Laski）曾经说过，牛津大学学生的生活，最使他得益的是一个人想到一个问题，便可以跑到另一个人的房里或是找几个朋友到自己房里来，争论问题。至于现在做学问，非得利用种种的书籍杂志，学习理工科的人更非得在实验室里做工作，这一切都只有学校方能供给得起，这是大家都知道的事，不用说了。

　　我们的结论是我们现在所处的环境，差不多可以说是读书的比较最理想的环境。凡是读书应有的环境，别的大学有的我们也都有，而且我们还有些是别的大学所没有的。可是我们所特有的却并不是奢华。我们的环境与建筑与别处不同的地方是使我们得到比较多的阳光，比较多的新鲜空气，比较多的清洁卫生，比较多的读书的时间与心境，使我们有一个比较健全的身体，比较充实的能力去应付目前这种艰难困苦的时局，去努力奋斗。

固然我们这里的环境与中国的社会相隔得很远，在这里住惯了的人也许有时不愿意离开这个环境，这种空气。这并不能说是我们的环境太好了。我们当前的问题是不是因为中国到处都不讲究阳光与新鲜空气，都不注意清洁卫生，我们得训练自己去适应这种环境呢？还是正因为如此我们得设法去改造这种环境？英美人有一种不可及的特性，他们无论到什么地方去，立刻就会动手改良他们的环境。他们到一地方，少不了要种起花来，栽起树来，虽然明明知道自己不久会走，看不见开花结果。我们中国人则时时处处都存一个暂时局面的心理，总觉得明年不知在哪里，何必白花这份力气。可是说不定一住五年十年，环境依然是原来的样子。我们学校在天灾人祸，内忧外患纷至沓来的时期中，创造出这个环境来，不可不说是一种异数。怪不得一位来华游历的美国外交官问胡适之先生中国究竟进步没有，胡先生说"你去武昌看一看武汉大学便知道了"。这一种改造环境的精神，希望各同学能够推广到各处去。

本文是 1933 年 12 月 11 日陈源在总理纪念周上的演讲，原载《国立武汉大学周刊》第 187 期

附：楚天诗话

舟泊汉江

（明）张居正

枫林霜叶净江烟，
锦石游鱼清可怜。
贾客帆樯云里见，
仙人楼阁镜中悬。
九秋槎影横清汉，
一笛梅花落远天。
无限沧州渔夫意，
夜深高咏独鸣舷。

鹦鹉赋二首

（明）汤显祖

汉江江上鹧鸪鸣，汉江游客无限情。
青山日落一帆影，芳草月明闻棹声。
黄鹤矶头暮云尽，鹦鹉洲边春水生。
莫倚仲宣能作赋，洞庭南接桂阳城。

武昌城北大江流，沱水夹城鹦鹉洲。
楚蜀帆樯风欲趁，蛟龙涛浪暮堪愁。
青烟自没汉阳郭，新月故县黄鹤楼。
无限往来伤赤壁，三分轻重本荆州。

登晴川阁望武昌

(明) 袁宏道

霜崖突出藓纹斑，
铁笛临风去不还。
百里帆樯千里水，
一层城廓几层山。
遥知郁郁葱葱地，
只在熙熙攘攘间。
沙鸟窥鱼鸥觅渚，
试看何物是清闲？

晴川楼

（清）刘子壮

暗日临高望，
遥遥黄鹤楼。
岷山经楚折，
汉水入江流。
赋就祢衡梦，
诗留李白秋。
胜游殊代接，
因见古人愁。

夏 口

（清）屈大均

却月城临夏口高，
维舟日夕苦风涛。
青天表怀惟秋水，
绿树依微是汉皋。
南国山名愁大别，
楚人天性爱离骚。
潇湘战后黄云满，
鸿鹄无心下羽毛。

重修晴川阁二首

（清）熊伯龙

百年楼阁大江隈，
仗钺巡行刈草莱。
战后山川容色老，
清时天地壮图开。
波横蜃影蛟龙伏，
风静鸠柴鸿雁来。
胜事不堪骢马去，
汉庭更急柏梁材。

雕栏玉柱入长空，
槛外帆樯万里通。
春水远来巴子国，
雄风高压楚王宫。
凤凰欲下箫谁引，
鹦鹉无言赋敢工。
直似凭虚驰八极，
云霄何日羽毛丰。

登晴川阁

（清）孔尚任

重重烟树客愁埋，
身到危栏倦眼开。
江上大苏歌雪浪，
窗中小李画丹台。
雄城山势趋吴去，
闹市人声过汉来。
独叹浮生无鹤翅，
腊残还对楚江梅。

汉江舟夜

（清）查慎行

露宿风餐两月余，
入秋怀抱少应摅。
浓阴隔浦初疑雾，
晚食投竿果得鱼。
夏口帆来飞鸟外，
洞庭木落早凉初。
楚天微雨潇潇夜，
渔火分光到检书。

汉　口

（清）查慎行

巨镇水陆冲，弹丸压楚境。

南行控巴蜀，西去连鄢郢。

人言纷五方，商贾富兼并。

纷纷隶名藩，一一旗号整。

骈骈舻尾接，得得马蹄骋。

偭偭人摩肩，蹙蹙豚缩颈。

群鸡叫呷喔，巨犬力顽犷。

鱼虾腥就岸，药料香过岭。

黄浦色官盐，青箬笼苦茗。

东西水关囷，上下楼阁迥。

市声朝喧喧，烟色昼暝暝。

一气十万家，焉能辨庐井。

两江合流处，相峙足成鼎。

舟车此辐辏，翻觉城郭冷。

黄沙扑面来，却扇不可屏。

稍喜汉江清，浣纱见人影。

黄鹤楼看雪

（清）袁　枚

汉水茫茫摇白浪，一楼高踞浪花上。
相传黄鹤此间飞，至今犹画仙人像。
仙人一去不再来，我竟两次腾麻鞋。
更值天公张玉戏，雪花片片飞瑶台。
鹦鹉洲，汉阳树，远望迷离一匹布。
妙手描成白泽图，长江化作银河渡。
卅年看雪俱在家，今年看雪天之涯。
达人行乐足向神仙夸，
可奈想杀小仓山里千梅花。
长揖与仙约，借我黄仙鹤。
骑上鹤发翁，鹤翅休朦胧。
趁此高楼西北风，送我连夜还山中。
一天明月一支笛，踏破琼瑶万万重。

祢衡墓

（清）袁 枚

荒坟三尺掩蓬蒿，
挝鼓余声作怒涛。
落笔争夸赋鹦鹉，
骂人何苦学山膏。
干将易折终非宝，
元弱难寻始是高。
知否才流生叔季，
扬云一曲反离骚。

夜泊汉口

（清）赵　翼

一派晴江接汉川，
落帆风紧到堤边。
繁星历乱千樯火，
幻市青灯万瓦烟。
孔道舟车人似海，
中宵弦管月当天。
经过别有繁雄意，
笑我何求也泊船。

黄鹤楼遭兵燹感题

（清）张竹坡

大江滚滚拍天流，风急涛鸣汉水秋。

鄂城岳岳连云市，人到江边问鹤楼。

我来不见楼中鹤，鹤去茫茫寻不着。

不知鹤去几时还，十二万年都冷落。

崔颢大笔挟风雷，楚北云山一幅裁。

底事青莲犹搁笔，不应空负谪仙才。

英雄转眼风尘老，江山风月独潦倒。

名楼已圮夕阳斜，满径荒凉余蔓草。

颓垣碎瓦不胜悲，岘首何人吊断碑。

神仙枉受苍生祝，不把狂澜一挽之。

玉笛声，何处续？白云千载遥相逐。

笑他吕老亦拘拘，争不重来三弄曲。

恨我迟来五百年，彩毫欲着心茫然。

俯瞰汉江倾砚水，仰借秋霞劈锦笺。

古人来者都不见，牢骚一抒秋风前。

汉阳树，鹦鹉洲，山色湖光一笔收。

长啸一声天地阔，山水俱随诗韵悠。

汉口竹枝词二首

（清）姚　鼐

扬州锦绣越州醅，
巨木如山写蜀材。
黄鹤楼头望灯火，
夜深江北估船来。

蜀江水长汉江低，
江水东流也向西。
霜后西风江尽落，
可怜离别汉阳堤。

武昌怀古

（清）陈　诗

黄鹄矶头夏口城，
赤乌黄武费经营。
枌桐太绌悲黄祖，
鹦鹉芳洲吊祢衡。
留事已教分两部，
精兵先遣付宗盟。
如何一旅龙骧下，
不见诸孙据险争。

江边问鹤楼

（清）陈　沆

送尔武昌游，曾知胜迹否？
好停江上棹，先问古时楼。
地与晴川对，帆从鄂渚收。
酒香人乍到，仙去鹤应留。
指点烟中廓，徘徊笛里秋。
应声千雁语，招手万渔舟。
风月无边处，笙歌最上头。
青莲犹搁笔，有句莫轻投。

江行杂诗（其一）

（清）魏　源

试登大别观荆鄂，

何似君山俯洞庭。

如束估帆三楚至，

无穷征雁六朝听。

大江东去风月白，

春色南来天地青。

何事悲歌更怀古，

乾坤元气是吾形。

汉阳馆夜送人

（清）叶名沣

聚首未云久，
长歌思故乡。
寒风凄短短，
纤月挂虚堂。
归去沌口渡，
泊舟芳草长。
天涯一回首，
离绪总茫茫。

奥略楼楹联

（清）张之洞

昔贤整顿乾坤，
缔造先从江汉起；
今日交通文轨，
登临不觉亚欧遥。

为俄皇子游晴楼题

（清）张之洞

海西飞轺历重瀛，
储贰祥钟比德城。
日丽晴川开绮席，
花明汉水迓霓旌。
壮游雄揽三洲胜，
嘉会欢连两国情。
从此敦盘传盛事，
江天万里喜澄清。

己亥杂诗

（清）黄遵宪

黄鹤高楼又捶碎，
我来无壁可题诗。
擎天铁柱终虚语，
空累尚书两鬓丝。

鄂中四咏（其一）

（清）刘　鹗

清晨携酒出花堤，
试一登临万象低。
神女昔留苍玉佩，
土人犹唱白铜鞮。
江流直扑严城下，
山势争趋汉水西。
此去荆州应不远，
倩谁借取一枝栖！

登伯牙台

（清）刘 鹗

琴台近在汉江边，
独立苍茫意惘然。
后世但闻传古迹，
当时谁解重高贤。
桐焦不废钧天响，
人去空留漱石泉。
此地知音寻不着，
乘风海上访成连。

武昌城门

（清）胡凤丹

汉阳门

重门锁钥郁崔嵬，
绕郭江声吼怒雷。
汉水合流斜渡鸟，
朝阳才过夕阳来。

平湖门

花堤十里草平芜，
城外长江城里湖。
一闸暗通来去水，
辘轳声转浪花粗。

望山门

岩岫参天万笏齐，
双扉返照夕阳西。
青山笑客忙如此，
城外年年送马蹄。

宾阳门

出东门去女如云，
踏遍平畴草色薰。
薄暮归来城半掩，
风流裙屐带斜曛。

忠孝门

蔼然忠孝炳嘉谟，
名教全凭只手扶。
两字悬门标万古，
怕人故意认模糊。

仙枣亭晚眺

（清）李树瀛

最高亭上暮天晴，
红烛清樽列席明。
槛外江山摇秀影，
树头风雨变秋声。
戟门官鼓初更定，
水舰银灯万点生。
直待层霄凉月起，
一轮相照夜街行。

登斗姥阁

（清）李树瀛

崔嵬杰阁动高秋，
缥缈仙云晓未收。
金口峰峦烟际合，
汉阳城郭树中浮。
数声疏磬诸天静，
一线长江划地流。
自古登临迁客意，
狂歌浊酒半勾留。

晴川补树

（清）毛会建

大别暗山足，轮风激颓波。

白日惊雷雨，半夜鸣蛟鼍。

独有晴川树，清光晴较多。

沧桑一朝改，历历觉如何。

我移天上种，来种山之坡。

殷勤杂榆柳，与柏相婆娑。

近云飘玉叶，远雾飞纤罗。

高阁腾空起，时时仙家过。

树底闻猿鸣，树杪听笙歌。

我亦忘情者，心计久蹉跎。

风波苦未谙，适情得岩阿。

题诗愧黄鹤，好事及绿莎。

愿言千载后，碧树交枝柯。

历历晴川上，长邀七字哦。

游晴川阁

（清）毛会建

江汉滔滔南国纪，神鳌跋浪中天起。

动摇鳞甲生颠风，吹落烟波走千里。

烟波江上石磷磷，老树挟风吹向人。

青鸟无声翠蛟舞，但觉空山有鬼神。

巍然高阁翼其上，七泽三湘同入望。

俯瞰晴川一水盈，朝暾夕照光摩荡。

两城夹水势相高，芳洲之草何潇潇。

黄鹤远随帆影至，白云犹傍笛声飘。

白云黄鹤自千载，楼中仙人谁复在。

欲腾而上一问之，天高身弱心如莓。

我有既嘉酒既清，曲终人散暮潮平。

一叶横江不知处，却凝乘醉下蓬瀛。

登黄鹤矶

（清）康有为

浪流滚滚大江东，
鹤去楼烧矶已空。
巫峡云雨卷朝暮，
汉阳烟树带春红。
万象楼阁随波远，
百战江山扼势雄。
极目苍天帆影乱，
中原万里对西风。

览武汉形势

（清）谭嗣同

黄沙卷日堕荒荒，
一鸟随云度莽苍。
山入空城盘地起，
江横旷野竟天长。
东南形胜雄吴楚，
今古才人感栋梁。
远略未因愁病减，
角声吹彻满林霜。

登洪山宝通寺塔

（清）谭嗣同

颓乌西堕风忽忽，
吹瘦千峰撑病骨。
半规江影卧雕弓，
郊原冷云结空缘。
楚尾吴头入尘埃，
一铃天上悬孤籁。
凭栏俯见寒鸦背，
余辉驮出秋城外。

眺黄鹤楼故址

（清）吴研人

仙人黄鹤好楼台，
几辈登临眼界开。
一水便违凭吊愿，
半生曾许卧游来。
苍茫烟雨迷陈迹，
多少山河共劫灰。
名胜不留天地老，
只今回首有余哀。

登黄鹤楼故址

黄 侃

黄鹤何年复却回？
飞楼今日早成灰！
长江毕竟东流去，
词客曾经几辈来。
洲上三春芳草绿，
笛中五月落梅哀。
虽无好句赓崔李，
到此登临亦快哉。

武昌狱中书感

宁调元

拒虎进狼亦何忙，
奔走十年此下场！
岂独桑田能变海，
似怜蓬鬓已添霜。
死如嫉恶当为厉，
生不逢时甘作殇。
偶倚明窗一凝睇，
水光山色尽凄凉。

古风·龟蛇吟

林育南

龟蛇古灵物，向如俗所称。
龟灼卜先知，蛇起兆战争。
我来江汉浒，数载与君邻。
朝上抱冰堂，暮宿紫阳亭。
邦国亦黍瘁，贫困辱苍生。
哀鸿满泽国，郑侠实怆神。
视天若梦梦，龟蛇何昏沉。
谁知超群力，于今竟无闻！
念慈将去汝，适彼海之垠。

此诗是1923年作者与友人游龟山后作

浪淘沙·黄鹤楼

于右任

烟树望中收，
故国神游；
江山霸气剩浮沤。
黄鹤归来应堕泪，
泪满汀洲。

凭吊大江秋，
尔许闲愁；
纷纷迁客与清流。
若个英雄凌绝顶，
痛哭神州。

江舟有感

于右任

孤客西来风又起，
大江东去月尚明。
曾经武汉伤心地，
时听鱼龙弄水声。
逝者如斯行载酒，
埋愁何处妄谈兵。
小姑嫁后归宁未？
陌上花开忆旧盟。

春雨中黄鹤楼写望

于右任

一江风雨昼冥冥，
烟树参差认不清。
壮观兼饶诗画意，
万重新绿武昌城。

刘雪耘见顾，嘱题《黄鹤楼图》，报以一截

柳亚子

三户亡秦誓楚荆，
高楼黄鹤意难平。
河山倘见澄清日，
愿把椒浆酹祢生。

歌长江大桥

田 汉

一

我本中南人，潇湘是桑梓，

十八过洞庭，月夜入扬子，

布帆迎曙色，芳草摇远水；

危矶牙樯密，黄石白云诡；

江回水面阔，船拖烟尾紫；

名都著天下，二水隔三市，

鹤诸一临眺，风物绝壮美。

晴川掩新树，龟山列旧垒；

古寺数罗汉，荒台慕焦尾，

驱车过租界，桥舌惊淫侈，

巡捕好威风，华人等虫豸，

才知辛亥后，积弱尚如此！

渡江遇险浪，如风漂薄纸，

同舟尽变色，不敢必生死。

浮船联两镇，曾见太平史。

安得有长桥，往来天堑里？

此在卅年前，梦想而已矣。

二

二七斗争起，血流长江边，

京汉路全线，员工争人权；
北伐到武汉，人民解倒悬，
租界闹收回，耕者曾分田；
两役我未与，想慕徒拳拳。
使人最难忘，一九三七年：
上海沦敌手，宁市腾苍烟，
武汉作战都，与敌相周旋；
国共重合作，三厅司宣传，
火炬耀穷巷，口号醒惰眠，
游行武昌城，又上渡江船，
银灯射霄汉，战歌沸水天。
两岸父老们，拍手并抚肩：
"比起北伐时，盛况更空前！"
武汉将退出，风景倍留连，
邀友渡大江，浊浪拍船舷，
重登黄鹤楼，再上蛇山颠，
慷慨别父老，黯然辞山川：
"我弱敌尚强，忍泪西南迁，
抗战但不懈，此恨终能填。"

三

日寇既能降，美蒋相欺绐，
我党为人民，大举逐傀儡：
歼敌八百万，天下皆震骇！
奴隶数千年，枷锁从此甩，
建立新中国，人民作主宰，
红旗遍武汉，如见新辛亥！

中原富煤铁，建国必所赖，
青山辟炼厂，黄石资掘采；
我欲跨大江，凌波驾虹彩，
水深波澜阔，议论徒慷慨，
所幸兄弟国，技术足模楷，
专家万里来，勘测一而再；
员工逾一万，辛勤累四载，
江汉就轨范，龟蛇联钢带；
下驰铁马骏，上走摩托快；
两旁渡江人，如在云天外；
大江流日夜，不敢肆澎湃，
商货此散集，帆樯比林海；
巨舰一万吨，来往无阻碍；
鹦鹉起楼台，晴川入暮霭，
清风与明月，不用一钱买；
齐谢共产党，丰功盖百代。

四

曾过伏尔加，楼船破波澜，
伟大高尔基，曾此尝辛酸；
我亦有扬子，烟水驰风帆，
西行溯灌口，离堆凿巉岩，
东下上海城，高楼矗江滩；
早年滇越间，道路半摧残，
自从解放后，畅通北与南：
北过满洲里，国门雪花酣；
参加土改时，南近友谊关；

劳军入河口，红河多惊湍；
迎客宿二连，大漠沙漫漫：
忆曾过深圳，泛舟九龙湾；
曾渡鸭绿江，驱车绕层峦；
东西南北行，枢纽江汉间，
所以大桥成，天下皆欢颜。
武汉三镇人，空巷来桥端，
狂歌惊铁鸟，乱舞落花冠。
更有戏曲团，彩衣登台坛：
或唱田玉川，春日游龟山，
孤舟结情侣，相别月如丸；
或唱黄鹤楼，周瑜设盛餐，
如何救使君，子龙破竹竿；
或唱祢正平，击鼓骂曹瞒，
屠刀借黄祖，芳草葬奇男；
或唱马鞍山，伯牙泪痕斑，
不遇钟子期，瑶琴沉古潭；
或唱九女坟，峨眉抗赃官，
宁为天国死，至今留美谈；
好戏说不尽，歌颂无时完；
若非新社会，哪有此壮观？
工人流血汗，专家呕肺肝；
勇士十六人，桥成骨已寒；
君今过江易，莫忘造桥难！
有桥当无桥，锻炼不可闲，
无有好身手，重任咋负担？
不见毛主席，赤身犯狂澜，

不怕浊流急，亦轻江面宽，

借问"继者谁"，含笑登江干，

跟着主席走，国如泰山安！

此诗作于1957年12月

黄鹤楼

老 舍

三月莺花黄鹤楼，
骚人无复旧风流。
忍听杨柳大堤曲，
誓雪江山半壁仇。
李杜光芒齐万丈，
乾坤血泪共千秋。
凯歌明日春潮急，
洗笔携来东海头。

和老舍《黄鹤楼》

郁达夫

明月清风庾亮楼，
山河举目涕新流。
一成有待收斯地，
三户无妨复楚仇。
报国文章尊李杜，
攘夷大义著《春秋》。
相期各奋如椽笔，
草檄教低魏武头。